홀로 작업하고,

홀로 새벽길을 걷는.

Classic

클래식. 서양의 전통적 작곡 기법이나 연주법에 의한 음악

어떤, 클래식

차무진 지음

작가의 말

아서 단토(Arthur C Danto)는 저서 『무엇이 예술인가』(What Art Is)에서 '어떤 것은 아름답지 않아도 예술일 수 있다는 생각은 20세기의 위대한 철학적 성과 중 하나다.'라고 했다. 이 원고를 내놓으면서 굳이 단토의 예술론을 들먹이는 것은, 그렇다. 대가의 말을 끌어들여서 이 비루한 글을 변명하고 싶기 때문이다. '어떤 서툰 글도 에세이일 수 있다.'라고.

이것은 믿을 만한 전문가가 쓴 클래식 담론도 아니고, 세상을 다르게 보는 에세이스트의 통찰과 감성 충만한 글도 아니다. 그저 밥벌이를 위해 글 쓰는 한 사람이 자신의 적막한 공간이 너무 두려운 나머지 이 소리 저 소리를 열어놓다가 결국 선택한 것이 클래식 음악이었고, 그 음악들로 너덜거리는 정신을 가다듬은 몇몇 일화를 끄적인 글이다.

부끄러운 원고이지만 나한테는 의미가 전혀 없지 않다. 세상에 버려진 존재처럼 살았던 시절 좁은 공간에서 하루, 한 달, 일 년을 홀로 작업하는 동안 내 의식과 내 영혼을 위무해 준 음악들이 참 많았다는 것을 알았고, 그 음악들에게 고맙다고 말할 계기가 되었다. 또 잘 이겨내 준 나를 칭찬하는 계기도 되었다.

클래식 음악을 들으면서 나는, 좋은 음악이 좋은 생각을 하게 하고 그래서 사랑하는 사람들에게 좋은 웃음과 좋은 말을 전하게 한다는 것을 알게 되었다. 클래식 음악은 어떠한 악惡도 없기 때문이다. 클래식 음악을 오래 듣는다면 그는 필시 좋은 사람이 되리라고 확신한다.

2024년 봄에, 통의동 작업실에서.

추천하는 글

차무진 작가는 저에게 '낭만'이라는 한 단어로 기억됩니다. 입에 발린 말이 아니라, 저에게는 대단히 유일하며 독보적인 낭만가입니다.

그는 소설가이면서 클래식 애호가이고, 두 아들을 사랑하는 아빠이기도 합니다. 사실 이 세상에는 소설가도 많고, 클래식을 좋아하는 사람도 많고, 좋은 아빠도 많습니다. 그러나 그 셋의 교집합으로 이루어진 사람은 제가 알기로는 차무진 작가뿐입니다. 이 책은 그런 사람이 쓴 낭만에 대한 이야기입니다.

저는 클래식이라고는 고등학생 시절 음악 시간에 들어

본 게 전부인 사람입니다. 누군가가 클래식을 보러 가자고, 자신이 표까지 다 준비해 두었다고 하는데도 몇 차례 거절하기도 했습니다. 고루한 음악을 비싼 돈 주고 숨죽인 채 몇 시간이나 들어야 한다는 게 싫었습니다. 그러나 차무진 작가가 말하는 클래식과 자기 삶의 이야기는 고루한 대신 자극적이었고, 비싼 대신 고작 책 한 권 가격을 지불하는 게 전부였고, 숨죽여 오래 듣는 대신 종종 감탄하며 빠르게 읽어나갈 수 있었습니다.

"처음 만났을 때 이별이 직감되는 상대가 있습니다. (…) 조금은 재미있어집니다. 정신없이 빠져드는 연애가 아닌, '한번 지켜볼까. 어떻게 사랑이 진행되는지.'라는 기대가 살짝 스며들거든요."

과연, 낭만가란 그런 것입니다. 이별이 직감되어 사랑을 시작하지 않는 게 아니라, 어떻게 진행될지 스며드는 기대를 붙잡는 사람. 이런 상황이 되어 본 일은 없지만 이런 태도를 가져 본 일이 없는 저로서는 차무진이라는 사람의 삶을 대하는 방식도 태도도 감탄스럽습니다. 그러고 보면 클래식이라는 것도 저에게는 이별이 직감되는 대상이지만 이렇게 이 책과 만나게 되어 뭐라도 좀 들어볼까 하는 마음이 됩니다. 적당한 기대가 스며드는 걸 보니, 저도 차무진 작가의 낭만에 동참하는 듯합니다.

이 책에는 제가 한 번 등장합니다. 그날 차무진 작가와 저는 종로의 전집에서 만나 막걸리를 마셨습니다. 왜 그랬는지 그날은 둘이 노래방에 갔고, 그날 그가 최백호의 '낭만에 대하여'를 부르던 기억이 선명하게 남아 있습니다. 이쯤 되니 '그놈의 낭만'이라는 목소리가 어디선가 들려오는 듯도 하지만, 그가 부른 노래가 실제로 그랬다는 건 그의 글과 태도의 일치를 보여주는 것 같아 굳이 부연해 둡니다.

그가 언제까지고 소설가로, 클래식 애호가로, 좋은 아빠로, 그리고 유일하며 독보적인 낭만가로 남아 있길 바랍니다. 본디 낭만이란 변하지 않는 것이 미덕인 법이니, 그는 언제든 그러한 사람으로 제 곁에 있을 듯합니다.

심민섭 『나는 지방대 시간강사다』외 다수 저자

차례

I. Vivace con fuoco
1악장. 생기있게, 불 같이 열정을 가지고

II. Moderato expressivo

2악장. 보통 빠르게, 풍부한 감정을 가지고

III. Larghetto maestoso

3악장. 다소 느리고 넓게, 장엄하게

IV. Adagio tranquillo

4악장. 천천히, 차분하게

66 클래식이 다른 음악과 다른 점은 들을 때마다 상념을 다르게 가질 수 있다는 것입니다. 작곡가나 연주자가 누구이고, 음악의 구성이 어떻게 되는지 굳이 알지 못해도 됩니다. 각자가 알아서 들으면 됩니다. 지루해지면 듣기를 그만두어도 되는 것이 클래식 음악 감상법입니다. 99

I. Vivace con fuoco

1악장. 생기있게, 불 같이 열정을 가지고

아웃 오브 아프리카

    카렌은 커피 농장의 주인입니다. 데니스 핀치해턴은 그녀의 농장을 마치 공산주의 시설물인 것처럼 여겼습니다. 뚜렷한 거처가 없는 그는 느닷없이 찾아와 농장의 음식과 그릇과 유리잔을 사용했습니다. 그는 그녀의 커피 농장에 제멋대로 포도주와 담배를 가져다 놓고, 유럽에서 온 책들과 축음기와 레코드판을 갖다 두었습니다. 친구 버클리가 키운 오렌지와 칠면조알을 차에 실어와 쟁여 두기도 했지요. 사파리에 나가지 않을 때는 농장에서 머물렀고 어느 날 홀쩍 떠났습니다. 농장의 일꾼들도 농장 주인인 그녀도 데니스가 왔다는 이유만으로 행복했습니다. 그녀가 표현하기로, 농장조차도 그의 머무름이 너무도 좋아, 마치 커피나무가 분필 가루 같은 꽃을 피우며 떨어지는 빗방울 소리로 그에게 이야기하는 것 같다고 했습니다.

그는 백인이고, 귀족이고, 사냥꾼이고, 자연인이며, 시인이고, 비행사이며 탐험가였습니다. 데니스는 세상의 이야기에 관심이 많아 말하기보다 듣는 걸 좋아하는 남자였습니다. 그녀는 그가 돌아오길 기다렸고 그가 오면 소파 쿠션을 두고 난롯가에 앉아 낮 동안 구상한 이야기를 그에게 들려주었습니다. 그러면 그는 보답하듯 그녀에게 라틴어와 시 읽는 법, 그리스 희곡에 대해 가르쳐주었습니다. 둘은 경비행기를 타기도 했습니다. 주로 나트론 호수를 날았는데, 데니스가 보여주는 아프리카 하늘빛과 땅 빛은 경탄하지 않을 수 없습니다. 흙에 서리는 자연빛이야 커피 농장을 운영하는 카렌도 알 만큼은 압니다. 하지만 위에서 보면 아프리카는 다른 색을 보여줍니다. 땅을 시리게 익히는 노을, 그 익힌 땅을 푸르게 말리는 바람을 느낄 수 있었습니다. 연푸른색 호수 위로 날아가면 홍학 수천 마리가 엔진 소리에 놀라

부채모양으로 흩어지며 길을 내어줍니다. 그 모양은 석양의 빛줄기 같기도 하고, 도자기에 그려진 중국 문양 같기도 합니다. 그 공간이 너무도 황홀하여 그녀가 손을 내밉니다. 그에게. 잡아달라고.

데니스 핀치해턴은 소설 『아웃 오브 아프리카』에 나오는 인물입니다. 우리에게는 소설보다 시드니 폴락 감독의 영화로 더 알려져 있습니다. 커피 농장의 여주인 카렌 블릭센 역할은 메릴 스트립이, 방랑자 데니스는 로버트 레드포드가 맡았습니다. 『007 시리즈』 음악을 많이 담당했던 작곡가 존 베리는 이 영화의 OST를 맡으며 영화음악의 리리시즘을 표현했다는 찬사를 받았습니다. 영화는 1985년에 공개했고 이듬해 아카데미 최우수 음악상을 포함 7개의 오스카상을 받습니다. 저는 영화도 너무 좋아하지만, 원작 소설도 좋아합니다.

카렌 블릭센의 자전적 소설 『아웃 오브 아프리카』는 영화처럼 이야기가 매끄럽게 구성되어 있지는 않습니다. 작품은 에세이 같기도 하고 일기 같기도 합니다. 우리에게 익숙한 서사 구조가 아니어서 자전적 소설이라는 설명이 붙었을지도 모릅니다. 기대를 품고 소설을 읽은 후 영화보다 재미없다고 말하는 분들도 보았습니다. 아닌 게 아니라 소설에서는 데니스와 카렌이 연인이 아닙니다. 그들은 서로 존경하고 의지하는 친구입니다. 시드니 폴락 감독은 그 둘의 깊은 사랑을 영화 안에 풀어놓았습니다. 그리고 소설에 표현된 장면들과 인물평, 주인공이 경험했던 구술들을 둘의 사랑이 빛날 수 있도록 잘 조합했습니다. 제 생각에도 데니스라는 인물만큼은 소설보다 영화가 훨씬 멋지다고 생각합니다. 소설 속 데니스의 묘사와 성명도 훌륭하기 이를 데 없습니다만 영화에서 잘생긴 로버트 레드포드의 금발 머리를 보는 순간, 그깟 멋진 문장들은 전부 잊어버리게 되니까요.

영화는 아프리카를 점유하는 영국인의 모습과 비교해서 아프리카인과 함께 삶을 개척하려는 덴마크인 카렌의 억척스러운 모습을 잘 보여줍니다. 데니스는 그 사이에서 이방인처럼 움직입니다. 그는 현재를 사는 인물이고 자유인입니다. 반면에 카렌은 현재를 극복하기 위해 미래를 구상합니다. 몇 년 후의 수확을 점치고, 아프리카 아이들의 성장을 위해 글을 가르치는 카렌에게 데니스는 그만두라고 조언합니다.

'우리는 여기 주인이 아니오. 그저 지나가는 사람들일 뿐이오. 그리고 마사이족은 열등하지 않소.'

그는 아프리카를 지배하려는 영국인들도, 아프리카를 도우려는 카렌도 마뜩잖아합니다. 영화에서 데니스는 인간은 현재를 사는 존재이고, 인간의 우위를 구분하는 것을 반대하고 인간은 각자의 이유로 위대하다고 말하고 있습니다.

아. 그러고 보니 소설에서도 그러한 장면이 있군요. 너무 매력적인 가치를 말해주는 장면이어서 뚜렷이 기억합니다. 카렌이 외부에서 온 손님들과 차를 마시고 있는데 난데없이 데니스가 비행기를 타고 나타납니다. 그는 카렌의 손에서 찻잔을 놓게 하고 서둘러 말합니다.

"갑시다. 버펄로 떼를 보여줄게요."

"안 돼요. 지금은 손님을 맞는 중인걸요."

"15분이면 돼요."

그녀는 데니스의 손에 이끌려 비행기에 오릅니다. 봉우리에서 시작되어 뻗어 내려간 옷의 주름처럼 생긴 산등성에서 버펄로를 봅니다. 그리고 높이 솟아올라 아프리카의 아름다운 자연을 봅니다. 그들이 초원에 착륙했을 때 농장의 마사이족 노인이 기다리고 있습니다.

"높이 올라갔다 오셨군요. 마님. 하느님을 보셨는지요."

"아니요."

"그럼 하느님이 계신 곳까지 올라가지 못했나 보군요."

"네."

"이 물건(비행기)을 타고 하느님이 계시는 데까지 올라갈 수 있는 건가요? 마님?"

"모르겠어요."

"그럼 왜 구분이 하늘로 올라가는지 도통 알 수 없군요."

아프리카 노인은 무지해서 저런 질문을 했을까요? 그렇지 않습니다. 그들은 현대인들보다 훨씬 효율적이고, 정교하고, 사리가 분명합니다. 그들은 철학적이면서도 분명한 생각이 있습니다. 단순한 것에서 진리를 찾을 수 있음을 저 노인의 말에서 느낍니다. 아프리카인들은 인위적이고 저절로 움직이는 물건에 불신을 갖습니다. 그것은 사악한 마법과 같아 보이기도 하지요. 자연스럽지 않은 것에 수치심을 가지는 겁니다. 도는 자연에 법한다(道法自然)라는 노자의 생각과 동일합니다. 온전한 것(자연)을 칭송하는 정신은 현대를 사는 우리에게 많은 것을 느끼게 해줍니다. 주변을 둘러보면 억지로 만들어진 것투성이입니다. 실로 온전하고 자연적인 것이 얼마나 남아 있을까요. SNS에 떠도는 짧은 영상들을 보더라도 전부 연출된 코미디뿐입니다.

몇 달 동안 소식이 끊겼던 데니스가 차를 몰고 나타납니다. 농장 밖으로 달려 나온 카렌을 안아줍니다. 흙냄새를 풍기면서. 그리고 축음기를 찾지요. 일전에 그가 농장에 가져다 놓은 물건입니다. 데니스의 축음기는 카렌뿐 아니라 농장에서 일하는 마사이족들에게도 기쁨을 주었죠. 소설에서 작가는 그의 축음기에서 울리는 음악을 두고 '숲속 빈터에서 울어대는 나이팅게일 같은 존재'라고 표현합니다. 축음기와 그는 그렇게 농장 사람들에게 불쑥불쑥 기쁨을 줍니다. 그녀가 커피밭에 나가 땀을 뻘뻘 흘리며 일하고 있자면, 해 질 무렵 시원한 저녁 공기를 타고 음악이 흘러나옵니다. "앗. 이 소리는!" 커피나무 사이에 있던 그녀가 얼른 돌아봅니다. 멀리 저무는 오렌지빛 테라스에 누군가가 앉아 있습니다. 그가 돌아온 겁니다. 그 음악은 그가 농장에 도착했다는 것을 알려주는 신호입니다. 그녀는 달립니다. 이 얼마나 설레는 일일까요. 데니스가 돌아온 소식은 읽는 저도 반갑기 그지없는데, 그녀는 얼마나 그러했을까요.

축음기에서 흐르던 음악을 기억하시나요? 모차르트 클라리넷 협주곡입니다. 영화에서 흐르던 선율은 2악장 아다지오입니다. 이 느린 곡은 이별이 주제인데, 영화에서는 비행기 사고로 죽은 데니스와 카렌의 이별을 암시하는 장치였을지도 모릅니다.

모차르트는 이 곡을 평소 자신에게 곡을 의뢰하며 금전

적인 도움을 준 안톤 슈타틀러*라는 클라리넷 연주자를 위해 작곡했습니다. 화려했지만 곤궁했던 모차르트는 이 곡을 죽기 두 달 전에 만들었습니다. 정신이 빈한한 와중에도 아름다운 곡을 만든 모차르트도 대단하지만, 이 곡을 아프리카의 대자연에 어울리게 배치한 시드니 폴락 감독도 대단합니다. 모차르트는 이 곡이 아프리카의 대자연의 풍광에 어울린다고 생각했을까요? 저는 클라리넷 연주자 칼 라이스터**가 라파엘 쿠벨릭***과 베를린필과 녹음한 음반과 알프레드 프린츠가 칼를 뵘과 빈필의 음반을 가지고 있습니다. 라이스터와 쿠벨릭의 음반은 베버의 클라리넷 협주곡도 함께 수록되어 있어 비교하며 듣기에 참 좋습니다.

재미있는 것은 소설 속 데니스는 베토벤이나 모차르트를 별로 좋아하지 않았다는 겁니다. 그는 첨단 음악을 좋아했고 그래서 당시 카렌과 영국인들이 들을 수 없었던 레코드판을 많이 가지고 있었다고 합니다. 데니스는 카렌에

---

*   안톤 슈타틀러 · Anton Statler (1753~1812) 클라리넷 연주자

**   칼 라이스터 · Karl Leister (1937~ 현재) 독일 클라리넷 연주자

***   라파엘 쿠벨릭 · Rafael Kubelik (1914~1996) 지휘자

게 "베토벤이 대중화되지 않았다면 나도 그를 좋아했을지도."라고 말했습니다. 소설과 달리 영화의 데니스는 누구보다 모차르트를 좋아하는 인물로 나옵니다. 제가 소설 속 데니스보다 영화 속 데니스를 더 좋아하는 이유가 이것 때문일지도 모릅니다.

지금도 OST를 자주 듣습니다. 개인적인 감상으론 주로 여름과 어울리는데요, 비 오는 여름날이나 벌레가 우는 깊은 여름밤에 들으면 참 좋습니다. 우수수 떨어지는 빗소리와 앨범 속 빗소리를 비교해 보기도 하고요. 귀족적 클라리넷 협주곡이 아프리카 대평원의 석양을 그리며 듣게 되는 것은 순전히 영화의 영향이 큽니다. 모차르트의 클라리넷 협주곡에 가사를 붙인 노래로 벨기에의 국민가수 다나 위너의 「Stay with me till the morning」이라는 곡이 있습니다. 가사를 살펴보면 떠돌이 연인을 바라보는 측은함과 이해의 시선이 잘 드러나 있는데 데니스라는 남자에게 딱 어울리는 가사입니다.

But when you close yours eyes It's then I realise

하지만 난 당신의 눈을 감았을 때 난 깨달았어요

There's nothing left to prove So darling

확인할 것이 아무것도 없다는 것을요. 당신

Stay with me till the morning

아침이 올 때까지 내게 머물러 줘요

좀 다른 이야기이지만 헤밍웨이가 1938년도에 발표한 〈킬리만자로의 눈〉이라는 단편이 있습니다. 킬리만자로 고지대에서 조난된 남자의 정신착란이 주된 이야기인데요, 헤밍웨이가 〈킬리만자로의 눈〉에서 묘사한 전경을 영상으로 만든다면, 친구가 경비행기를 타고 와서 구출해 주는 장면은 『아웃 오브 아프리카』의 여러 화면들이 잘 어울린다고 생각합니다.

『아웃 오브 아프리카』는 흔히 '아프리카를 떠나며'라고 해석합니다. 작가인 카렌 블릭센이 17년간 살았던 아프리카의 삶을 정리하고 덴마크로 돌아가며 거기서 느낀 사랑, 역경, 자연에서의 배움 등을 추억하는 글입니다. 열린

책들에서 펴낸 『아웃 오브 아프리카』의 역자 민승남은 이 제목이 로마의 작가 폴리니우스의 글 '아프리카는 항상 무언가 새로운 것이 생겨난다(Out of Africa always something new)'에서 따온 것이라고 합니다. 저는 '아프리카를 떠나며'라고 읽고 싶지 않습니다. 그 제목 안에는 반드시 '아프리카부터 얻은 것' 그러니까 '가치'와 '자람'이 녹아 있어야 합니다. 물론 영문 제목 자체로도 훌륭합니다만, 영문 제목이 한글 제목으로 바뀐다면 그런 내용이 포함되는 제목이었으면 좋겠습니다. 그게 바로 『아웃 오프 아프리카』의 진짜 이야기입니다.

시작할 때 끝을 예감한다는 건

'이 사람과는 언젠가는 헤어지겠구나.'

처음 만났을 때 이별이 직감되는 상대가 있습니다. 나이, 지역과 같은 서로의 조건이나 인연, 운 같은 설명하기 힘든 관계적 느낌일 수도 있습니다. 연애를 시작할 때 이런 생각이 들면 상대를 대하는 속마음이 조금은 재미있어집니다. 정신없이 빠져드는 연애가 아닌, '한 번 지켜볼까. 어떻게 사랑이 진행되는지.'라는 기대가 살짝 스며들거든요.

폴라는 39살입니다. 그녀는 부잣집을 찾아다니며 집을 장식하는 일을 하고 있습니다. 미혼이지만 오래된 애인 있고 둘은 한 번씩 이혼한 경험이 있습니다. 폴라에게는 로제라는 중년의 애인이 있는데, 그는 지독한 바람둥이입니다. 폴라도 모르는 건 아닙니다. 로제가 클럽에서 뭇 여성들에게 윙크하며 추파를 던져도 폴라는 그리 탓하지 않습니다. 로제를 믿기 때문이지요. 그러나 여자의 배려는 남자에게 구실을 내어 주는 법. 애인은 습관적으로 다른 여자와 사랑을 나눈 후 아무 일도 없었던 것처럼 폴라의 집으로 돌아오곤 합니다. 폴라는 외롭습니다. 바쁜 애인은 늘 어디론가 떠나고 그녀는 혼자 잠을 자고 밥을 먹었으며 홀로 외로운 주말을 보냈습니다. 그런 폴라 앞에 한 남자가 나타납니다. 필립이라는 청년은 밝고 낙천적이고 자유롭습니다. 젊은 필립은 폴라한테 이렇게 소리칩니다.

"무료하게 사는 당신을 고발합니다!"

필립은 진짜 자유란 '자신을 속이지 않는 것'이라고 당차게 말합니다. 그리고 폴라에게 사랑한다고 고백하지요. 폴라는 뜨거운 쇳조각을 밟은 것처럼 화들짝 물러섭니다.

"정신 차려요. 난 당신보다 무려 14살이나 나이가 많아요."

　폴라의 말에도 흔들리는 기색이 없습니다. 필립은 기회만 있으면 폴라를 쿡, 쿡 찌르며 들어옵니다. 슬퍼 보이네요. 외로워 보여요. 당신이 행복해지기를 바라요. 블라블라. 폴라를 바라보는 그의 눈빛은 집요했고 정열과 집중력이 녹아 있었습니다. 그는 말보다는 행동을, 상황보다는 느낌을 먼저 파악합니다. 어떤 일을 하던 이유가 있어야 하는 오래된 애인과는 사뭇 다릅니다. 필립은 폴라를 위해 두 시간이고 세 시간이고 기다렸다가 불쑥 나타납니다. 그리고 말합니다.

　"브람스를 좋아하세요? 나와 브람스를 들으러 가요!"

　철부지로만 보이다 점점 사내의 친절로 다가오자 폴라는 자신을 더 냉정하게 다루어야 한다고 마음먹습니다.

　한편, 필립은 폴라를 생각하며 클럽에 앉아있습니다. 무대에서는 여가수(다이안 캐롤)가 그를 위로하듯 감미로운 노래를 부릅니다. 바로 브람스 교향곡 3번 F장조 3악장을 재즈풍으로 로맨틱하게 바꾼 노래「Say no more, it's goodbye」입니다.

더는 말하지 말아요. 이젠 끝이에요.

지난번처럼 이젠 끝이에요.

당신의 몸짓, 당신의 숨결이

다시 이별을 증명하는 것 같군요.

더는 말하지 말아요. 이젠 끝이에요.

지난번처럼 이젠 끝이에요.

나는 당신에게 거짓말을 할 수 없군요.

이별의 끝은 다시 이별이 온답니다.

영화 『이수(Goodbye Again)』는 잉그리드 버그만, 이브 몽땅, 안소니 퍼킨스가 열연한 영화입니다. 1961년도에 개봉했습니다. 필립 역의 안소니 퍼킨스는 히치콕의 영화 『사이코』에서 주연을 맡은 배우로 『사이코』를 막 찍은 후 한참 주가를 올리던 같은 해에 이 영화를 찍었다고 합니다.

폴라는 젊은 필립에게 빠졌을까요? 그렇습니다. 애인이 출장 간 사이 둘은 함께 밤을 보냅니다. 그녀는 죄책감을 느끼면서 동시에 묘한 감정도 느낍니다. 사실 그래도 되지요. 애인 놈은 늘 그래왔으니까. 사랑은 움직이는 거니까. 폴라와 필립은 한동안 뜨겁게 사랑을 나눕니다. 바람둥이 로제도 이 사실을 눈치챘습니다. 정직한 폴라는 로제에게 남자가 생겼다고 말합니다. 그간 한 짓이 있는지라 그는 폴라의 뜻을 받아들입니다. 그런데 폴라는 자꾸만 남의 신발을 신은 것 같은 느낌이 듭니다. 필립과 누워 있는 자기 방이 어쩐지 남의 공간 같습니다. 허전한 것은 로제도 마찬가지. 자유를 부르짖으며 다른 여자와 뒹굴 때는 느끼지 못했던 폴라의 매력이 새삼 보이고, 그리워집니다. 늘 곁에 머물 것만 같던 그녀가 젊은 사내의 품에 안겨 있다는 생각에 질투가 납니다. 결국 그는 폴라에게 다시 예전으로 돌아가자고 말합니다. 그리고 청혼하지요. 나 앞으로 잘할게. 돌아와 줘. 내내 남의 신발을 신고 있는 것 같았던 폴라는 옛 애인에게 돌아가기로 합니다. (바보 바보 바보)

폴라는 필립한테 정직하게 말합니다. 자신이 점점 늙고 있음을 느끼고, 모성으로 당신을 만나왔다고. 그렇게 필립과 헤어집니다. 폴라는 로제와 성대한 결혼식을 올립니다. 결혼식장에서 폴라는 남편이 된 그에게 이렇게 말합니다.

"치과에 다녀온 기분이에요."

치과에 다녀온 기분이라, 결혼식이 힘들었단 뜻이었을까요? 아니면 짧은 방황 속에서 다시 개운해졌다는 뜻이었을까요? 스스로가 대견하다는 뜻이었을지도 모릅니다. 로제는 바람둥이 기질을 청산했을까요? 절대로 아니었습니다. 폴라는 결혼 후에도 혼자 잠을 자고 혼자 밥을 먹고 혼자 주말을 보내야 했습니다. 그렇게 영화 『이수』는 불편하게 끝납니다. 폴라의 지고지순함을 지금으로서는 이해하기 힘듭니다. 현대에는 지고지순함이란 잊힌 단어니까요. 그래서 더 불편함을 상기시킵니다. 하지만 저는 폴라가 필립을 만났을 때부터 이별을 결심했다고 생각합니다. 만날 때 이별을 직감한 것이지요. 어쩌면 폴라는 매우 영리했을지도 모릅니다.

공교롭게도 브람스와 클라라 슈만의 나이도 14살 차

이가 납니다. 1853년, 스무 살의 브람스는 뒤셀도르프에 있는 로베르토 슈만의 집으로 찾아갑니다. 슈만은 『음악신보 Neue Zeitschrift für Musik』라는 음악지를 발간하며 영향력을 펼치고 있는 당대 음악계의 거장이었습니다.

그를 만나는 것은 신예 브람스로서는 몹시 떨리는 일이었습니다. 브람스는 긴장을 숨기며 거실에 놓인 피아노로 자신의 피아노 소나타를 연주합니다. 연주를 듣던 슈만은 다른 방에 있던 아내에게 소리칩니다.

"여보. 나와봐. 하늘에서 내려온 천재가 우리 집에 찾아왔어!"

슈만의 아내인 피아니스트 클라라 슈만은 그렇게 브람스와 처음 만났습니다. 이듬해 슈만은 조울증을 동반한 불안증세를 보이다가 라인강에 투신했고 간신히 살아남아 정신병원에 입원합니다. 그리고 2년 뒤 죽습니다. 브람스는 슈만의 아이들을 정성으로 돌봅니다. 브람스는 클라라에게 결코 사랑한다고 말하지 않았습니다. 14살 연상의 그 여인만이 자기 삶의 유일한 사랑이었는데 말이지요. 브람스는 직감했을 겁니다. 클라라와 자신은 이성으로 만날 수 없다는 것을. 대신 브람스는 그녀와 평생 함께 할 방도를 택했습니다. 자신의 음악을 클라라에 투영하는 것입니다. 브람스에게 음악이란, 클라라라는 거울에 자신을 비추는 것이었습니다. 그런 측면에서 브람스는 매우 영리했습니다.

브람스는 우리가 보기에는 미련하다 싶을 정도로 자신을 다스린 사람입니다. 브람스는 매사 절제하는 사람이었는데, 자신의 마음을 함부로 드러내지 않는 것은 부끄러워서라던가, 소심해서가 아니라, 그럴 만한 인간성을 갖추었는가를 늘 마음속으로 되뇌었기 때문입니다. 그의 음악을 들으면 들을수록 그가 추구했던 '성숙해지려는 노력'을 느낄 수 있습니다.

요즘 고독, 근면, 성실, 절제, 인내 등의 자세가 어리석음으로 치부되기도 합니다. 인간적인 덕목이 세상에서 조금씩 사라지는 느낌입니다. 브람스는 베토벤과 함께 '인간이란 무엇인가'를 치열하게 고민한 음악가인 것은 분명합니다. 그래서 문화평론가 김갑수 선생은 자신의 책 『어떻게 미치지 않을 수 있겠니?』에서 '브람스족'이라는 말을 사용했습니다. 브람스족은 떠오르는 아침 햇살에서 황혼을 보고 파릇파릇 피어나는 새순에서 단풍을 읽는다고 합니다. 사랑의 부재를 증명하기 위해 미련한 사랑을 반복하는 것이지요. 우리는 시작할 때 끝을 예감하는 경우가 많습니다. 이별을 잘하는 법, 그것은 끝날 때 하는 것이 아니라 어쩌면 시작할 때 결정하는 것일지도 모릅니다. 영리한 폴라와 브람스처럼요.

덧붙일까요?

1. 영화 『이수』의 원작은 프랑수와즈 사강이 1959년에 발표한 소설 『브람스를 좋아하세요…』입니다. 사강은 꼭 자신의 소설 『브람스를 좋아하세요…』의 제목에 '?'를 사용하지 말고 반드시 점 세 개[…]를 찍어야 한다고 주장했습니다.

2. 39살의 여인 폴라를 연기한 잉그리드 버그만이 영

화를 찍을 당시 실제 나이는 50세였다고 합니다. 그녀는 사진작가 로버트 카파에게 청혼했지만 종군 기자인 카파는 거절했습니다. 이유는 자신이 언제 총알에 맞아 죽을지 모르는 상황이라 그랬다고. 이런 한심한 카파 같으니라고.

3. 사랑을 시작할 때 이별을 직감하는 것이라, 그런데 재미있는 것은 그런 사랑이 또 오래갑니다. 4년, 5년 10년 심지어는 결혼까지. 시작할 때 끝을 생각하는 것은 어쩌면 우리들의 본능일지도 모르겠습니다.

이 폭우에 샤콘느라니

흐린 날입니다. 바닥에 배를 깔고 누워 반들반들해진 발바닥을 비비며 만화책을 쌓아 놓고 보면 딱인 장마철입니다. 나는 갓 내린 커피를 머그에 부어 들고 거실에 앉았습니다. 마루야마 겐지의 『파랑새의 밤』을 읽을 참이었는데요, 뭐, 늘 그렇듯, 그러다가 까뭇하게 잠이 들었습니다.

우르르 쾅쾅-

굉음에 놀라 부릅, 눈이 떠졌습니다. 창가로 기어가 밖을 보니 맙소사, 세상은 온통 샤워 중이었습니다. 어찌나 퍼붓던지 온 세상이 자욱합니다. 간신히 보이는 먼 구름 위로 거대한 포세이돈 신이 어른거리는 것 같습니다. 보기 드문

광경이어서 그럴까요. 어마무시한 자연 현상에 묘한 쾌감이 일었습니다. 거실 창에 서서 한참을 비를 보고 있자니 전화가 왔습니다. 옛 애인입니다.

　-뭐해요?

　"그냥 있습니다."

　-지금 작업실이에요?

　"집입니다."

　-아, 작업실 안 갔구나.

　"비가 많이 와서."

　-지금 비 엄청나죠?

　"그러네요. 왜 전화했어요? 한잔하자고?"

　-작업실이면 음악이나 같이 들으려고 했죠.

　"이렇게 비가 오는데?"

　-이럴 때 꼭 들어야 할 음악이 있으니까.

　"무슨 음악인데요?"

　-노트북 열 수 있어요? 유튜브로…….

　전화를 끊고 그녀가 알려주는 대로 유튜브에서 야샤

하이페츠*가 연주하는 비탈리의 「샤콘느」를 찾았습니다.

　-꼭 소음 없는 곳에서 들어요. 오직 비 오는 소리만 들리는 장소에서!

　그녀는 비 오는 소리 외 다른 소리는 절대로 들리지 않는 곳에서 샤콘느를 들으라고 강조했습니다. 그것을 충실히 따르고자 베란다로 가서 창을 일부러 열었습니다.

　쏴아아.

　빗소리가 귀를 때립니다. 아이패드를 데논 AV 리시버에 페어링해서 연결했습니다. 스피커 볼륨을 높였습니다. 빗소리에 섞이며 치오르는 바이올린 선율을 들으며 멍하게 베란다에 서 있었습니다.

　'이런 느낌인가?'

　노년의 하이페츠가 연주하는 짜릿한 바이올린 선율이 내 몸을 부르르 떨게 합니다. 음악이 비를 맞은 것 같고 저 또한 비를 맞고 있는 것 같습니다.

　빗소리 뒤로 바이올린이 절규합니다. 인생이 과연 행

*　　야샤 하이페츠 · Jascha Heifetz (1901~1987) 리투아니아 바이올리니스트

복한가? 너는 어디에서 왔는가? 네 꼭뒤로 떨어지는 차가운 비가 너를 깨우치게 하느냐. 비감함을 각오하라. 인생은 슬픈 것이고 기쁨은 찰나이다. 그러니 슬퍼하지도 기뻐하지도 말라. 항상 사유하라. 너는 어디에서 왔는가?

쏟아지는 비와, 피어오르는 바이올린 소리가 교차로 말하고 있습니다. 목에서 턱턱 막힌 숨이 귀로 빠져나오는 것 같았습니다. 순식간에 격앙되어 벌컥벌컥, 식은 커피를 들이켰습니다. 저도 모르게 눈물이 흘러내립니다.

"이 폭우에 샤콘느라니."

한참 만에 정신을 차린 나는 혀를 내두르며 고개를 절레절레 저었습니다. 놀라운 경험이었습니다. 그녀는 저 같은 클래식 초짜에게 적소에 음악을 듣는 방법을 이번에도 알려주었습니다. 빗소리에 듣는 바이올린 독주곡은 참으로 경이로웠습니다.

그녀에게 감사했습니다. 그녀가 대단하게 여겨집니다. 지금 이 순간만큼은 연인 또는 인연자因緣者가 아닌, 살면서 꼭 경험해야 할 일을 알려주는 인생 가이드입니다. 별안

간 그녀가 보고 싶어졌습니다. 급하게 자동차 키를 찾아 들고 신발을 신었습니다. 그녀에게 가야만 했습니다.

덧붙일까요.

샤콘느(Chacomme)는 바로크 시대의 변주곡의 일종입니다. 바로크 시대의 음악들은 악장이 짧습니다. 대신 네 마디나 여덟 마디 정도 되는 주제를 여러 가지로 변형시켜(변주시켜) 다양한 음을 만들어내는 곡들이 많습니다. 샤콘느도 그러한 변주곡들의 한 양식입니다. 원래는 스페인의 춤곡이었는데 17세기에 프랑스와 이탈리아에서 기악곡으로 바뀌었고 바로크 시대에 들어와서 위에서 말한 것과 같이 변주곡으로 형태가 규정되었습니다. 샤콘느는 독주 바이올린으로 연주되며 간혹 피아노 연주곡으로도 사용됩니다. 매우 비장하고 슬픈 선율로 세상에서 가장 슬픈 곡이라고도 불립니다.

샤콘느는 대중에게 두 개가 유명한데 이탈리아의 작

곡가 비탈리의 사콘느와 바흐의 무반주 바이올린 파르티타 2번 BWV 1004의 마지막 곡인 바흐의 사콘느입니다. 특히 비탈리의 사콘느는 인류가 만든 가장 처연한 음악일지도 모릅니다. 누구나 듣는 순간 그 선율에 반해 입을 다물고 몸을 움직이지 않습니다. 끊어질 듯하면서도 솟을 듯 일렁이고, 그 끝이 어디까지 갈지, 어떻게 움직일지 모를 만큼 듣는 이의 마음을 휘젓습니다. 토마소 안토니오 비탈리는 1663년에 이탈리아에서 태어난 작곡가이지만 다른 음악은 크게 알려진 게 없습니다. 오직 사콘느만 유명합니다. 정경화 선생이 명동성당에서 독주하는 바흐의 샤콘느 영상도 꼭 찾아 보시길.

자클린의 눈물

"어, 이 음악 많이 들어본 음악인데! 뭐지? 뭐지? 잠깐만, 말하지마. 내가 생각할 거야!"

옛 애인과 카페에 앉아 있던 나는 귀에 익은 음악이 들리자 난데없이 오버(?)를 떨었습니다. 원래 초짜가 한 두가지를 알게 되면 극성을 떠는 법이죠. 지금 제가 그랬습니다. 좁다란 카페에는 묵직한 첼로의 저음이 몸서리치듯 가라앉고 있습니다. 한참이 지나도 내 입에서 정답이 나오지 않자 옛 애인이 말했습니다.

"자클린의 눈물(Jacqueline's Tears)이라는 곡이야."

"어허, 내가 생각해 낸다니까."

"후후. 시간 초과."

"작곡가는?"

"오펜바흐, 자크 오펜바흐"

한때 클래식 칼럼을 쓸만큼 클래식을 잘 알았던 그녀는 이렇게 척척 잘도 맞힙니다.

"오빠가 뛰쳐나간 그 새벽에 혼자 이 곡을 들었어."

갑자기 분위기가 이상해졌습니다. 더는 질문할 수 없었습니다. 그녀는 들고 있던 뿔테안경을 테이블에 규칙적으로 톡톡 두드렸습니다. 살짝 격앙된 모습입니다. 저를 노려보는 젖은 눈이 너무도 날카로워왔기에 그녀가 레이저의 표적을 분명히 하려고 안경을 벗은 것만 같습니다.

몰래 한숨을 쉬었습니다. 그녀가 그날 밤의 그 일을 언급하고 있으니까요. 우리가 이별한 이유는 어처구니없게도 프랑스 산 피노누아(Pinot Noir) 때문이었습니다. 병을 딸 때까지만 해도 분위기는 몹시도 좋았습니다. 하지만 복병은 따로 있었습니다. 우리는 와인 라벨에 쓰인 불어의 한 단어를 두고 싸웠습니다. 원산지 표기란에 모르는 불어가 보여 그것에 관해 이야기하다가 네가 맞다, 내가 맞다로 싸우게 된 것입니다. 아마도 단어의 뜻이라기보다 그 단어의 발음 때문이었던 것 같습니다. 무슨 단어였는지 지금은 전혀 기억나지 않습니다. 아무튼, 그날 우리는 서로에게 내뱉는 말투가 점점 날카로워졌고 급기야 그녀는 벌떡 일어나더니 책장 쪽으로 가서 바흐 음반을 꺼버렸습니다. 그녀가 나를 쏘아보며 무슨 말을 했던 것 같은데, 그 말은 저에게 견딜 수 없는 말이었습니다. 저는 모멸감을 느꼈고 그 공간에 있을 수 없다고 생각했습니다. 패딩 파카를 집어 들고 현관으로 뚜벅뚜벅 걸어가는 내 등에 대고 그녀가 소리쳤습니다.

"나가면 끝이야."

"흥."

"당신, 나가면 진짜 나랑 끝이라고!"

저는 비웃으며 신발을 신었습니다.

쾅, 문이 닫히고 우리는 다시는 만나지 않았습니다. 그렇게 우린 헤어진 것입니다. 지금 생각하면 너무 어이가 없어서 실소가 흐르지만, 인연이 끊어지려면 그렇게도 끊어질

수 있는 모양입니다.

그녀의 눈에서 발사되는 레이저는 여전히 나를 향해 있습니다. 그녀에게는 아직 분노가 남아있는 듯했습니다. 저는 고개를 숙였습니다. 그만 일어나 슬슬 돌아가야 하나 고민했습니다. 남자는 달아나는 동물이거든요. 이럴 때 남자는 늘 비겁합니다. 사랑 앞에서 비겁하지 않은 남자는 없습니다.

그녀가 담담하게 말했습니다.

"자크 오펜바흐는 이 첼로 곡을 작곡하고 그냥 내버려두었어. 정식으로 발표하지 않았다는 거지. 그것을 첼리스트 토마스 베르너(Werner Thomas)가 발견했어."

나는 오펜바흐와 베르너가 친한 사이인가 보다 생각하며 그저 멍하게 고개를 끄덕였습니다. 그녀는 내 속을 들여다보듯 말했습니다.

"오펜바흐와 베르너가 친구라고 생각하지 마. 베르너는 지금도 살아있고 오펜바흐는 1880년에 죽은 사람이야. 아무튼, 베르너는 이 제목 없는 첼로 곡에 '자클린의 눈물'이라는 이름을 붙였어."

내가 더듬거리며 물었습니다.

"……왜 하필 자클린?"

"버려진 자클린 뒤 프레의 죽음을 애도하기 위해."

자클린 뒤 프레(Jacqueline Mary du Pré)는 1945년 영국에서 태어났습니다. 그녀의 아버지는 옥스퍼드 대학교 교수였고 어머니는 첼리스트였고 순수한 영국인이었습니다. 자클린은 4살 때부터 어머니로부터 첼로를 배우기 시작했습니다. 아이는 현을 다루고 선율을 조율하는 감각이 뛰어났고 집중력 또한 좋았습니다. 자클린은 1961년 16살의 나이로 런던 위그모어 홀(Wigmore Hall)에서 공식적으로 데뷔합니다. 첼로의 거장이자 스승이기도 했던 소련의 첼리스트 로스트로포비치*는 자클린을 두고 자신이 평생 이룬 업적을 유일하게 넘을 수 있는 젊은이라고 치켜세웠습니다.

1965년 자클린 뒤 프레는 명지휘자 존 바비롤리가 이

---

* 므스티슬라프 로스트로포비치 · Mstislav Rostropovich (1927~2007)
소련 첼리스트

끄는 런던 심포니 오케스트라와 엘가의 첼로 협주곡 OP. 85를 녹음했습니다. 레이블은 EMI입니다. 엘가의 첼로 협주곡은 20세기에 작곡된 첼로 작품 중 가장 비극적인 곡이라고 평가받습니다. 이 곡의 진정한 힘은 사색과 침전, 그리고 위로입니다. 유유히 흐르는 단선율을 따라가다 보면 어느새 깊이 가라앉고 있는 자신을 발견하게 됩니다. 이 첼로곡은 첼로 거장 로스트로포비치도, 첼로의 성인 파블로 카잘스도, 첼로의 프린스 피에르 푸르니에도 아닌 오직 자클린 뒤 프레의 곡이라 해도 과언이 아닙니다. 엘가의 첼로 선율을 광풍처럼 유행시킨 주인공이 바로 그녀였기 때문입니다.

천재 첼로 연주자로 미국과 유럽에서 유명해진 뒤 프레는 1966년 크리스마스 이브 날, 파티에서 젊은 피아니스트 다니엘 바렌보임을 만나게 됩니다. 그는 유대인이었고 클래식계에서 변방인 아르헨티나 출신이었습니다. 바렌보임은 젊고 열정이 넘쳤지만, 한편으로는 출세 지향적인 남자였습니다. 그는 아르헨티나 출신 유대인이라는 자격지심이 있었던 것 같습니다. 클래식 음악의 중심은 유럽이었으니까요. 젊은 바렌보임은 명성을 얻기 위해 몰두했습니다. 그가 믿을 건 오직 몸에 고인 예술적 기질뿐이었습니다. 피아노는 물론, 지휘자로도 실력을 인정받기 위해 부단히 노력했습니다. 그런 그 앞에 '우아한 영국의 장미'라고 불리는 여인이 나타난 것입니다.

한편, 나이든 사람들에 둘러싸여 평생 연습만 해 왔던 자클린도 땀 냄새 풍기는 이 사내에게 순식간에 매료되었습니다. 그녀의 눈에 비친 이 팔레스타인계 청년은 마치 인가받지 못한 채 강호를 뛰어다니며 도장 깨기에 집중하는 풍운아처럼 보였을 겁니다. 주변의 반대에도 불구하고 둘은 결혼합니다. 팔레스타인계 신예 바렌보임과 영국의 주목받는 천재 뒤 프레가 결혼한다는 소식은 화제가 되었습니다. 카톨릭이었던 자클린은 개종하고 유대의 전통 방식으로 결혼식을 올립니다. 결혼 이후 둘은 엄청난 주목을 받았습니다. 장사(?)는 다니엘 바렌보임이 더 잘한 것 같습니다. 출중한 실력에 비해 입지가 좁았던 청년 바렌보임은 자클린이라는 첼리스트 부인을 둔 덕이 레벨이 급상승(?)했습니다.

1970년 바렌보임의 지휘로 필라델피아 오케스트라와 자클린이 연주한 엘가의 첼로 협주곡 실황 리코딩이 영상으로 남아있는데 두 사람의 교감이 최고도로 무르익은 모습을 보여줍니다. 엘가의 첼로 곡을 연주하는 자클린은 과거 바비롤리와의 연주 때보다 더 깊은 울림이 있는 연주를 보여줍니다.

유튜브 영상을 보면 커다란 첼로를 굵고 긴 다리 사이에 당당하게 끼워 세우고 온 힘을 다해 집중하는 자클린의 모습과 경직된 얼굴로 지휘봉을 잡은 젊은 바렌보임도 보입니다. 삐쭉하게 서서 지휘하는 다니엘은 오직 자클린만 의지하고 있는 듯합니다. 자클린은 능숙하고 다니엘은 어딘가 긴장한 모습입니다. 자클린은 유연하고 다니엘은 뻣뻣합니다. 저는 첼리스트의 연주를 보면 늘 산모처럼 느껴집니다. 남녀를 구분하지 않고서 말이죠. 첼리스트는 다리 사이에서 음을 뽑아내거든요. 뒤 프레의 양 다리 사이에 놓인 첼로에서 흐르는 엘가의 선율은 마치 막 태어나는 생령처럼 기운을 받고 피어오르는 것 같습니다.

어느 날이었습니다. 자클린은 현을 누르는 손의 힘이
예전처럼 들어가지 않음을 느낍니다. 덜미에서 퍼지는 묵직
한 불편함 때문에 목도 자유롭게 움직이지 못했습니다. 이
따금 주먹으로 허리를 툭툭 치기도 했지요. 몇 시간씩 악보
를 노려보다가도 시간이 되면 벌떡 일어나 비행기를 타기
위해 공항으로 달려가던 체력은 현격히 떨어지고 있었습니
다. 왼쪽 이마에도 알 수 없는 통증이 왔으며 그럴 때마다
눈이 보이지 않았습니다. 그녀는 아무리 생각해도 부쩍 체
력이 떨어진 이유를 알 수 없었습니다. 증상은 갈수록 심해
졌습니다. 연습 때 종종 현을 놓치기 일쑤였고 그럴 때면 그
좋아하던 첼로가 보기 싫어졌습니다. 며칠 후 바렌보임은
길거리에서 쓰러진 여자를 데리고 가라는 전화 한 통을 받
습니다. 자클린의 병은 신경계 기능이 떨어지며 인지능력이
퇴화하는 다발성 경화증이었습니다.

다니엘은 그녀를 돌보지 않고 짐을 챙겨 집을 나가버렸
습니다. 더는 그녀를 사랑하지 않아서일까요? 이제는 그녀

없이도 성공 가도를 달리는 데에 아무런 지장이 없어서일까요? 그것도 아니라면 아내 병시중이 끔찍하게도 싫었던 것일까요? 자클린은 혼자가 되었습니다. 사람을 점점 알아보지 못했고 몸은 비대해졌습니다. 하루하루 진통제를 맞아가며 침대에 누워서 눈물만 흘리는 일과의 연속이었습니다.

"눈물 조각들처럼 온몸이 찢겨 가네요. 어떻게 하면 삶을 견딜 수 있죠?"

급기야 척추에 이상이 오면서 안면 근육이 손상되자 그녀는 눈물조차 흘릴 수 없었습니다. 자클린은 경직된 채 누워 자신이 연주한 엘가의 첼로 곡을 들으며 투병하다가 1987년 42세의 일기로 생을 마감합니다. 오펜바흐의 미발표곡을 「자클린의 눈물」이라고 붙여 자클린 뒤 프레에게 헌사한 베르너는 눈물조차 흘릴 수 없었던 그녀의 고통을 알고 있었던 게 분명합니다.

헤어진 그녀를 생각했습니다. 그녀도 뛰쳐나간 저를 보며 눈물조차 흘리지 못할 만큼 힘들었을까요? 아마도 저를 개자식이라고 욕했을지도 모릅니다. 그 겨울, 그녀의 집에서 어처구니없는 싸움으로 절연한 우리는 4년 만에 다시 카페에 마주 앉아 있습니다. 이날, 카페에서 우리가 만나야 할 이유가 있었습니다. 그녀는 파란색 에코백에서 내 장갑을 꺼내 카페 테이블에 올려두었습니다.

"이걸 줄 수 있어서 다행이네. 이제 진짜 끝난 것 같네."

우리가 싸웠던 그 겨울밤, 그녀 집을 뛰쳐나가면서 저는 장갑을 가지고 나오지 못했거든요.

덧붙이는 말.

다니엘 바렌보임은 이후 파리 관현악단 음악감독, 시카고 심포니 오케스트라 감독, 베를린 슈타츠카펠레 종신 지휘자, 이스라엘과 3세계 음악가들로 구성된 서동시집 오케스트라 창단자로 활동하며 중동 평화를 위해 노력하고 있습니다. 그는 명실상부한 클래식 음악의 대부이며 세기가 낳은 위대한 예술가 중 한 명입니다. 자클린을 버렸다는 이유로 많은 사람이 그를 욕합니다. 저도 그러고 싶습니다. 왜 그런 관계가 되었는지는 오직 두 사람만이 알겠지요. 게다가 "바렌보임 이 나쁜 자식"이라고 하기엔 너무 위대한 음악가여서 차마 그런 식으로 말할 순 없네요. 그래도 바렌보임 이 나쁜…분.

II. Moderato expressivo

2악장. 보통 빠르게, 풍부한 감정을 가지고

간식, 우연한 것이어야 즐겁다

　　와그작, 와그작. 무언가가 갈리는 소리가 납니다. 어디서 나는 소린가 싶어, 책을 덮고 고개를 드니 초등학교 3학년인 아들 녀석이 거실 저쪽에 앉아있습니다. 녀석은 수면잠옷 입은 한쪽 다리를 세우고, 허리를 비스듬히 기울인 채 어린이용 삼국지에 빠져 있었는데요, 옆에는 자기 몸만 한 크기의 현미 맛 켈로그 콘프로스트 상자가 통째로 놓여 있습니다. 조그만 어금니로 부지런히 시리얼을 씹어대는 간드러진 소리는 거기서 나는 것이었습니다. 저 작은 턱이 무아지경에 빠져 와그작 씹는 소리가 듣기 좋아서 저는 한참 동안 바라보았습니다. 한편으로는 제 엄마가 아침 대용으로 우유와 섞어주는 식량을 간식처럼 먹는 모습에서 고개를 절레절레 흔들었지만요.

"그게 맛있냐?"

물으니 녀석은 나를 돌아보고는 그저 씩, 하고 웃습니다. "식탁에 과자 많잖아. 왜 그걸 먹고 있어?" 우리 집 식탁 위에는 초코송이, 감자 칩, 홈런볼 등 녀석이 좋아하는 과자가 쌓여 있었습니다. (아내와 오전에 마트에서 장을 보고 왔거든요.) 그제야 녀석은 식탁으로 가 과자들을 쓱, 훑어보더니 빈손으로 돌아와 제자리에 앉습니다.

와그작, 와그작. 오드득, 오드드득. 다시 밋밋한 현미맛 시리얼을 즐기기 시작하는 손과 입.

"뭐냐? 과자를 먹으라니까?"

"이게 과자보다 더 잘 씹혀요."

처음에 나는 그 말을 이해하지 못하다가 곧 수긍했습니다. 시리얼은 우유에 녹여야 하기에 애초에 과자보다 더 단단하게 만들어졌을 테고 녀석은 그것을 씹는 게 '씹는 맛'에 더 효과가 있다고 판단한 것입니다.

"제가 발명했어요. 이게 제 간식이에요."

발견과 발명의 차이를 구분하지 못하는 녀석은 그렇게 말하며 환하게 웃었습니다. 진정한 간식은 '정의되지 않은 것을 즐기는 맛이 참된 유희'라고 녀석은 말하는 것 같았습니다.

문득 나의 어린 시절을 떠올려 보았습니다. '내가 저 땐 뭘 먹었지?' 잊히지 않고 단번에 떠오르는 나의 간식, 생라면이었습니다. 저도 제 아이처럼 생면을 와그작, 와그작 씹는 걸 좋아했습니다. 수프를 살살 뿌리고 다시 털어내면 하얀 생면이 붉은색을 띠며 적당히 간이 뱁니다. 그것을 무아지경으로 씹고 나면 어느새 펼쳐놓은 라면 봉지에는 수프만 흩어져 있습니다. 마무리를 빼놓지 않아야 합니다. 혀로 봉지를 살살 핥아야지요. 입술이 얼얼하고 혀가 몹시 따끔거리지만, 그것이야말로 '생라면 먹기'의 진정한 묘미입니다. '그랬군. 그랬었어. 나도 무아지경으로 무언가를 씹곤 했어.' 어쩌면 인간은 와그작거리며 시끄러운 소리가 나는 바삭하고 단단한 것을 즐기려는 본능이 있을지도 모르겠습니다. 곤충을 잡아먹던 태곳적 본능 때문일까요?

생라면은 방학 때 많이 먹었던 것 같습니다. 겨울 볕이 들어오는 오전, 나는 EBS 라디오 방송을 들어야 했는데요, (초등학교 시절에는 방학 때마다 '탐구생활'이라는 방송 숙제를 해야 했어요. 그러려면 반드시 EBS 라디오 방송을 들어야만 했습니다.) 저는 늘 생라면을 부숴놓고 라디오 방송을 들으며 탐구생활 숙제를 했습니다. 숙제가 끝나면 고학년의 방송이 이어졌습니다. 6학년 선배들의 방송까지 끝나면 EBS 라디오는 어린이를 위한 음악 방송을 틀어주었는데요, 지금도 또렷하게 기억하는 방송이 바로 작곡가 최영섭 선생님이 진행하는 어린이 클래식이었습니다. 「그리운 금강산」을 작곡하신 최영섭 선생님은 80년대 우리나라의 전설적인 밴드 들국화의 멤버이자, 한국의 폴 매카트니라고 불리는 최성원 님의 부친이기도 합니다. 최성원 님도 「제주도의 푸른 밤」, 「이별이란 없는 거야」 외 들국화의 주옥같은 곡들을 만드신 뮤지션이죠.

숙제가 끝나면 저는 라면을 씹어먹으며 최영섭 선생님이 진행하시는 어린이 클래식 방송을 들었습니다. 라디오 스피커에서 흘러나오는 최영섭 선생님의 목소리는 어린 제가 처음으로 경험한 부드러운 어감이었습니다. 마치 버터를 가득 먹은 푹신한 빵같다고 할까요. 브람스나 베토벤의 일화를 소개할 때면 한껏 달뜬 목소리가 흘러나오는데, 그것마저도 어린 제가 듣기에는 구름 같았습니다. 억센 사투리가 세상 말의 전부라고 여겼던 대구 아이에게 그 음색은 적잖이 충격이었습니다.

시간이 흘러 최영섭 선생님 얼굴을 본 저는 깜짝 놀라고 말았습니다. 제가 그 방송을 듣던 즈음에도 할아버지였더라고요. 그 연세에도 청년 같고 구름 같은 목소리를 가지셨다니. 그때의 추억을 발판삼아 저는 지금도 최영섭 선생님과 최성원 님의 곡을 무척 좋아합니다. 들국화 1집은 제 '최애 앨범'이고요.

아참, 최영섭 선생님이 하시던 어린이 클래식 방송 시그널은 베토벤의 「바이올린과 오케스트라를 위한 로망스 F

장조 OP. 50번」이었습니다. 흔히 베토벤의 로망스 2번이라고 부르는데요, 여러분도 들어보시면 '아. 이 음악' 하며 고개를 끄덕이실듯합니다. CD를 리시버에 걸고 플레이 버튼을 누릅니다. 베토벤 로망스 2번이 흐릅니다. 간식은 우연한 것을 먹을 때 비로소 즐겁다는 아들의 가르침(?)이 최영섭 선생님의 목소리를 들으며 생라면을 뽀사(?)먹던 어린 시절을 소환했습니다.

베토벤의 「바이올린과 오케스트라를 위한 로망스 F장조 OP. 50번」, 줄여서 베토벤의 「로망스 2번」은 다비드 오이스트라흐*와 드레스덴 슈타츠카펠레**가 연주한 1998년 도이치 그라모폰 앨범이 유명합니다. 외에도 안네 소피 무터***, 요한나 마르치****, 나탄 밀슈타인***** 등의 전설적인 바이올린 연주자의 앨범에도 수록되어 있으니 구해서 듣기는

---

* 다비드 오이스트라흐 · David Oistrakh (1908~1974) 우크라이나 바이올리니스트
** 드레스덴 슈타츠카펠레 · Sächsische Staatskapelle Dresden
세계에서 가장 오래된 오케스트라로, 1548년 설립되었다.
*** 안네 소피 무터 · Anne Sophie Mutter (1963~현재) 독일 바이올리니스트
**** 요한나 마르치 · Johanna Martzy (1924~1979) 헝가리 바이올리니스트
***** 나탄 밀슈타인 · Nathan Milstein (1904~1992) 우크라니아 바이올리니스트

어렵지 않습니다. 유튜브에는 막심 벤게로프의 영상이 눈에 띄네요. 꼭 들어보세요. 절대로 후회하지 않을 겁니다. 세상에서 가장 아름다운 곡이라 할만합니다.

베토벤의 데스마스크

"⋯⋯예전부터 묻고 싶었는데 말이야."

가방에서 소주병을 꺼내며 내가 말을 꺼냈습니다.

"잠깐만요. 종이컵이 없네."

그녀는 내 물음을 끝까지 듣지 않고 자리에서 일어나 종이컵을 가지러 저쪽으로 가버렸습니다.

여기는 동료 작가의 작업실입니다. 그녀, P는 에세이도 쓰고 영화 시나리오도 쓰는 작가입니다. 3년 전, 알던 시인의 낭독회에서 처음 만났는데 2차로 간 술자리에서 그녀도 나처럼 클래식을 좋아한다는 것을 알고 친해졌습니다. 지난 추석 연휴에는 구하기 힘든 세르주 첼리비다케*의 EMI 전집이 알라딘 중고매장에 나왔다고 카카오톡을 주기도 했습니다.

그녀의 희고 깨끗한 홍대 오피스텔 작업실은 칙칙하고 더러운 것이 산더미처럼 쌓여 있는 내 작업실과 비교됩니다. 우선 곳곳에서 박하 향이 납니다. CF에서나 봄 직한 근사한 것은 전부 여기에 있습니다. 멋진 마호가니 선반에는 값비싼 양주도 몇 병이 세워져 있고, (장식용이 아니라 어느 병이나 반쯤 비워진, 진짜로 즐기는 양주병들입니다) 저쪽 와인 냉장고에도 근사한 와인병들이 눕혀져 있습니다. 소파 뒷면 벽에는 연기를 뿜어대는 커다란 빌 에반스 사진이 붙여져 있고 소파 옆에는 멋진 신시사이저도 있습니다. 주사기 약물이 꽂힌 키 큰 고무나무 화분도 있고요. 아무튼, 일이 있어 홍대에 나오는 날에는 종종 이 친구에게 전화하곤 합니다.

P가 머그 두 개를 가지고 소파에 앉자 내가 다시 물었

---

*   세르주 첼리비다케 · Sergiu Celibidache (1912~1996)

루마니아 출생의 독일 지휘자

습니다.

"저기 저 액자 속, 손 말이야. 누구 손이야?"

그녀는 뿔테안경을 벗고 고개를 들었습니다. 반대편 선반에 걸어놓은 4-5 사이즈의 액자입니다. 베이지색 물푸레나무 틀에 비단 매트로 여백을 만든 그 액자는 교향곡 앨범들을 모아둔 선반 위, 천장과 맞닿게 붙어 있습니다.

액자 속 사진은 무척 독특했는데, 석고로 뜬 누군가의 손을 찍은 사진이었습니다. 오른손과 왼손을 가지런히 펼친 모습이 누가 봐도 늙은 사람의 그것입니다. 평생 낱알을 후리는 농부의 손, 또는 방랑하는 늙은 거지가 쪼이기 위해 화롯가에 내민 손 같습니다. 손가락은 길었고 중지가 보통 사람보다 월등히 깁니다.

"음악가의 손요."

"역시, 작업실 가장 좋은 자리에 걸린 걸 보면 분명 음악가 손이겠다, 짐작했다. 저렇게 고달픈 손을 가진 음악가는 대체 누구냐."

"베토벤요."

"엥? 저게 베토벤 손이야?"

나는 액자 속 사진을 다시 보았습니다. 희한했습니다. 한없이 여위고 가는 저 손에서 인류의 명곡들이 나왔다고 하니 갑자기 뭔지 모를 서글픔이 일어나 순간 울컥했습니다. 베토벤이 신경질적이고 고약한 성격을 지녔다는 말은 들은 바 있으나, 저 손을 보니 절대로 그렇게 보이지 않았습니다.

종이컵에 가득 따른 소주를 전부 들이켜고 말했습니다.

"나는 절대로 저런 손을 갖고 싶지 않다."

"왜요?"

"고독한 손이야. 저 손을 가진 사람이 베토벤이 아니었어도 분명 외로웠을 게 분명해."

이 작업실 주인인 P는 오징어를 씹으면서 액자를 그윽하게 바라보았습니다. 내 말에 동의하는 표정이었습니다.

"죽은 지 이틀째 되는 날 석고로 뜬 모형이라고 해요."

"석고로 뜬 거라고?"

"저 땐 사진이 없었잖아. 유명인이 죽으면 얼굴과 손을 석고로 떠서 보관했죠. 보통 손이 아니라 얼굴을 뜨죠. 하지만 베토벤이니 손도."

"데스마스크(Death Mask)를 말하는 거야?"

"잘 아시네."

데스마스크라면 제가 첫 번째 소설 『김유신의 머리일까?』를 쓸 때 이것저것 자료를 찾아본 적이 있습니다.

데스마스크는 왁스나 석고로 사람의 얼굴을 뜬 석고형을 말합니다. 죽은 자를 추억하는 일이었고 사후 초상화를 그릴 때 참고하기도 했습니다. 석고로 얼굴의 모형을 뜨는 것은 17세기에서 18세기 사이에 크게 유행했습니다. 19세기에 들어와서는 죽은 이의 사인(死因)을 파악할 때 사용되기도 했습니다. 왕족이나 귀족, 작가, 예술가, 과학자 등의 데스마스크가 남아있고 범죄자의 데스마스크도 있습니다. 링컨, 나폴레옹의 데스마스크는 구글에서 쉽게 검색됩니다.

오래전 사망한 사람의 얼굴을 실존의 형태로 본다는 것은 무척 흥미로운 일입니다. 그것은 초상화보다, 어쩌면 사진보다 더 사실적입니다. 굴곡과 피부 흐름을 입체적으로 느낄 수 있어서일까요, 도드라진 점이나 삐뚠 입술을 보면 죽은 이의 삶까지도 엿볼 수 있습니다.

"내가 흥미로운 걸 보여줄게."

그녀는 옆에 둔 아이패드로 무언가를 찾더니 내게 내밀었습니다. 베토벤의 데스마스크 사진입니다. 그녀가 보여주는 베토벤의 마스크는 두 가지였습니다. 나는 아는 척을 했습니다.

"으흠, 이건 사나운 마스크이고……."

"어라, 이것도, 알고 있었네?"

그렇습니다. 하나는 아는 사진입니다. 미술실에서 석고상으로 많이 보았던 베토벤의 얼굴. 일명 '사나운 마스크'란 별명이 붙은 마스크는 베토벤이 살아있던 시기인 1812년에 프란츠 클라인이 석고로 뜬 라이프 마스크(Life Mask)입니다. 프란츠 클라인은 독일의 피아노 제작사의 의뢰를 받고 베토벤을 직접 만나 석고로 얼굴을 떴습니다. 베토벤은 못마땅한 듯 얼굴을 내어줬는데, 얼마나 답답했는지 석고 틀을 얼굴에서 떼어내어 바닥에 내동댕이쳤다고 합니다.

불쌍한 프란츠는 그걸 주워다 붙여서 간신히 라이프 마스크를 만들었지요. 꼭 감은 다소 사이가 먼 두 눈, 다부지게 일자로 다문 입술, 악상이 들어찬 듯 보이는 이마, 뭉툭하게 들린 사자 코, 베토벤이 삶에서 보인 철학과 집념이 고스란히 뿜어내고 있습니다. 심지어 그가 앓았던 천연두 자국까지 이마에 고스란히 표현되어 있습니다.

"사나운 마스크는 내가 알고 있고, 그런데 이건?"

충격에 빠뜨린 것은 두 번째 사진이었습니다. 베토벤의 진짜 데스마스크입니다. 이것은 처음 보았습니다.

초로의 남자가 눈을 감고 있습니다. 탄력이 가라앉은 얼굴은 광대만 툭 불거져 있습니다. 생전에 꽉 다물며 '난 고집 대마왕이야!'라고 보여주던 입술은 중력에 의해 활처럼 꺾여 코에서 한참 아래로 내려와 있습니다. 그러고 보니 감은 두 눈도 콧대에서 한참 멀어져 있습니다. 베토벤 특유의 사자 코만 그대로입니다. 사망한 지 하루쯤 지나면 눈매와 입술은 제 위치에 있지 못합니다. 이 베토벤의 얼굴은 P의 작업실 벽에 걸려 있는 액자 속 두 손과 같은 날 석고로 뜬 것으로 보입니다. 그렇다면 사망한 지 이틀 뒤의 모습일 것입니다.

"술이 당긴다."

나는 태블릿 속 사진을 보며 연거푸 소주를 들이켰습니다. 베토벤의 얼굴은 병마에 지친 모습입니다. 용감하게 갑판을 휘젓던 늙은 선원이 간신히 폭풍 구름에서 벗어나 지친 몸을 누이고 잠에 빠진 모습 같기도 합니다. 말년, 병들고 기력이 떨어진 베토벤의 고충이 어떤 것인지 감히 짐작할 수 없습니다. 자꾸 보니 기가 막힙니다. 사망 직후 얼굴은 웅혼한 초인의 풍모는 온데간데없고 그저 늙고 초라한 인간의 모습뿐입니다.

그녀가 실망하는 모습의 저를 보며 힐난합니다.

"베토벤이 초인이라고? 풋, 우린 그가 인간이기에 위대하다고 하는 거야. 지극한 인간!"

자유 정신과 인간 평등을 신봉했던 베토벤은 고전주의에서 낭만주의로의 전환을 이끌었던 사람입니다. 그것을 직접 악보로 보여주었죠.

-형식은 파괴할 수도 있지만 보전해야 할 때도 있어.

　-인간의 슬픔은 반드시 위로받아야 해!

　-자유로운 생각은 대가를 치르고 말지. 그래서 낭만이라고!

　-인간은 위대하다. 나는 그것을 믿는다.

　베토벤은 그런 것을 음악에 담아 두었습니다. 베토벤의 음악은 그래서 들을 때마다 생각이 많아집니다. 오래전 접촉이 끊긴 어떤 신호가 음악을 타고 얼핏 얼핏 전해져 오는 듯합니다.

　P가 술잔을 기울이며 말했습니다.

　"모차르트가 하늘에서 내려온 인간이라면 베토벤은 하늘로 올라간 인간이라고 하잖아."

　"네 말이 옳다."

　자신과 대면하는 베토벤이 눈에 선합니다. 삶의 고통과 싸우다 보니 자연스럽게 내면을 보았을 테고 그가 본 자신은 몹시도 요동치는 파도라고 느꼈을 겁니다. 그 파도의 움직임을 옮겼고 그렇게 해서 자신을 또 알아갔을 겁니다.

신은 그를 신의 음악을 만들 숙명자로 정하고 혼자 웃었던 것이 분명합니다. 고대부터 신의 것을 만들어야 할 자들의 운명은 늘 순탄치 않았습니다. 정신 파쇄나 신체를 괴롭히는 병마를 부여받았습니다. 모차르트, 포우, 다빈치가 그러했으며, 고흐, 비트켄슈타인, 헤밍웨이가 그러했습니다. 베토벤 역시도 그러합니다. 베토벤은 대항했을지도 모릅니다. "난 당신의 음악을 만들지 않겠어. 이 능력으로 인간의 음악을 만들겠어!"

그는 지극한 인간이 되길 노력했던 사람입니다. 그래서 클래식을 듣는 사람들은 베토벤을 이해하는 과정을 몹시 중하게 여깁니다. 신을 이해하기 위해 공구(攻究)하는 신학자처럼 인간을 이해하려고 베토벤을 들여다봅니다.

우리는 한참 동안 아이패드 속 베토벤의 얼굴을 보았습니다.

"꼭 우리가 베토벤의 임종을 지켜보는 것 같다. 그죠?"

"저 노구 속에는 미처 내뿜지 못한 선율들이 가득하지 않을까."

1827년 3월 27일. 아침부터 유난히 뻑뻑한 비구름이 몰려와 도시를 감쌌고 정오부터 요란한 천둥이 쳐대기 시작했습니다. 밤인지 낮인지 모를 검은 번개가 치는 오후. 침대에 누워있던 베토벤은 천둥 치는 소리에 눈을 번쩍 뜨더니 천장을 향해 손을 쳐들었습니다.

툭, 손이 떨어졌고 그의 심장은 다시 뛰지 않았습니다. 임종을 지킨 자의 말로는 마치 군대를 움직이는 장군의 풍모였다고 합니다. 침대 옆 탁자에는 신문처럼 틈틈이 읽던 헨델의 악보와 10번 교향곡의 초고가 놓여 있었습니다.

"피아노 소나타 중 하나 틀어봐."

"아라우 걸 듣자."

"길렐스로!"

작업실 주인은 일어나더니 클라우디오 아라우**가 연주하는 피아노 소나타 32번을 걸고 돌아왔습니다.

**   클라우디오 아라우 · Claudio Arrau (1903~1991) 칠레 피아니스트

"아니. 지금은 아라우. 길렐스***는 좀 세."

"세다고?"

"소주가 강하니까 더는 자극받지 말자고."

베토벤이 작곡한 32개의 피아노 소나타는 피아노 음악의 최고봉이라고 불립니다. 32개 피아노 소나타 중 제가 단연 최고로 치는 것은 32번입니다. 이 피아노 소나타는 두 악장만으로 구성되어 있습니다. 1악장과 2악장은 서로 탁월하게 구분됩니다. 1악장은 강렬하게 질주하는 선율로, 2악장은 인생을 돌아보는 우수에 젖은 도저(到底)로 이루어져 있습니다. 듣다보면, 좁은 협곡을 때리며 급박하게 흐르던 물이 어느새 넓은 바다에 안착하고 긴 여정의 회한을 터뜨리는 것만 같습니다.

화려하면서도 부드러운 아라우의 아티큘레이션을 듣고 있자니 마치 베토벤이 '내 몸은 낡았으나 내 의식만은 또렷하다' 라고 말하는 것 같습니다(1악장). 그러다 다시 축 늘어지는 육신의 기운(2악장).

***　　　에밀 길렐스 · Emil Gilels (1916~1985) 우크라이나 피아니스트

베토벤은 이 소나타를 만들 때 별이 가득한 밤하늘을 보며 음감을 얻었다고 합니다. 그는 우주를 보았을 것입니다. 별이 생성되고 죽어가는 우주를 보았을 것이고, 병든 그가 곧 여행할 우주를 보았을 것입니다.

"아무리 생각해도 베토벤은 위대해." 내가 말했습니다.

"나도 그렇게 생각해." P도 수긍했습니다.

우리는 그러고도 한참을 말없이 베토벤의 손을 바라보았습니다.

나는 혼자이다. 누구도 내 옆에 없다.
부득이한 일이 아니라면 나는 사람들 속에 있기가 두렵다.
나는 추방당한 사람처럼 고립되어 있다.
사람들이 다가오면 나는 내 병이 들킬 것만 같아서
가슴을 조이며 끙끙 앓는다.

-베토벤의 [하일리겐슈타트의 유서] 중에서-

『인 더 백』의 주인공처럼

아들을 끌어당깁니다. 그 정수리에 입술을 꾹 갖다 댑니다. 찔끔 눈을 감습니다. 기도합니다.

"제발 이 아이가 독립할 때까지만 힘을 주십시오. 제발요."

저는 매일 빼놓지 않고 아들 머리를 끌어당기고 그렇게 되뇝니다. 아침이든 저녁이든 정해진 시간은 없지만 매일 그 기도를 빼놓지 않습니다. 많은 것을 느낍니다. 이 아이의 삶 한 축에 못난 제가 끼어 있다는 것도 황송하거니와 아이의 소중한 유년을 책임져야 한다는 무서운 운명을 느낍니다.

사람은 누구나 본의와 관계없이 부모를 만나고 형제를 만납니다. 잘난 부모 못난 부모가 있고, 부자 부모 가난한 부모가 있으며, 좋은 부모, 나쁜 부모가 있습니다. 하지만 그 어떤 형태라도 부모임은 틀림없습니다. 삶은 녹록지 않습니다. 아이한테 잘나고 부자이고 좋은 부모가 되고 싶지만, 실상은 못나고 가난하고 나쁜 부모일 때가 많습니다. 그래서 저는 매일 아이 머리를 끌어와 그 작은 정수리에 입을 대고 눈을 감는 시간을 가집니다. 힘을 소망합니다. 힘이란 제가 가져야 할 용기입니다. 열심히 생각하고, 잘 벌고, 올바로 행동할 수 있도록 제 자신을 채찍질 해야 합니다. 이 아이가 성장하기 위해 저는 함부로 남의 그림자도 밟지 않아야 합니다. 힘을 주십시오. 이 아기가 독립할 때까지만, 제발.

　　5년 전, 저는 장편소설 『인 더 백』을 발표했습니다. 기나긴 시간 동안 어두운 밤에 눈물을 흘리며 쓴 작품입니다. 그 작품이 세상에 나오기까지, 또 문단과 서점가에 작은 신호를 받기까지 실로 많은 분이 도와주셨습니다. 김민섭 작가와는 그즈음 만났습니다. 김민섭 작가는 『당신이 잘되면 좋겠습니다』, 『훈의 시대』, 『나는 지방대 시간강사다』 등의 베스트셀러를 썼습니다. 그가 『인 더 백』 초고를 처음으로 읽은 사람이며 출판사에 적극 소개한 사람입니다. 사실 시작은 소설가 조영주였습니다. 조영주 작가가 김민섭 작가에게 제 초고에 관한 이야기를 건넸고 김민섭 작가가 초고를 보게 된 것이지요. 그리고 그 원고는 김민섭 작가를 통해 출판사로 건네졌습니다.

　『인 더 백』 원고를 잘 읽었다고 메신저톡을 주고받은 후 얼마 지나지 않아 김민섭 작가를 만났습니다. 그는 지방에서 강연을 마치고 막 올라오자마자 피곤한 몸을 이끌고 나를 만나러 와주었습니다. 우린 혜화역에서 만나자마자 덥석, 손을 잡고선 적당한 말도 나누지 않은 채 근처 한옥 술집으로 들어갔습니다. 탕을 시켜놓고 소주잔을 나눠 채운 후에도 우리는 한마디도 하지 않았습니다. 그저 각자의 잔만 바라보고 있었습니다. 한참 만에 저쪽이 눈물을 찔끔 흘리기에 나도 눈물을 찔끔 흘렸습니다. 처음 만난 자리에서, 서로 눈물을 보이는 일은 드뭅니다. 우리는, 채운 소주잔을 비우지도 않은 채 한동안 그렇게 앉아 있다가 한참만에 눈물을 지우고 슬그머니 웃었습니다.

　나는 그가 내 앞에서 덜컥 눈물을 보인 이유를 알고 있었습니다. 그도 내가 따라 울었던 이유를 알고 있었을 겁니다. 그도 나도 비슷한 또래의 아이가 있습니다. 아마도 그는 『인 더 백』 원고를 읽고 주인공 동민과 동민의 아이를 자신과 자신의 아이로 투영했을지 모릅니다. 소설 『인 더 백』은 근미래를 배경으로 한 포스트 아포칼립스 소설입니다. 바이러스가 창궐하는 난리통에 아내를 잃고 여섯 살 아이를 배낭에 넣은 채 청정지대로 가는 한 젊은 남자의 이야기입니다. 세상에 홀로 남은 아이를 보호해야 하는 소설 속 주인공의 고군분투가 지방 이곳저곳을 돌아다니며 강의하고 글을 쓰는 외로운 자신의 모습과 같아서, 또 아빠를 믿고 의지하려는 소설 속 아이의 눈빛이 멀리 두고 온 자신의 아이들의 눈빛과 같아서 아마도 김민섭 작가는 나를 만나자마자 그렇게 눈물을 흘렸을 겁니다. 아아. 세상에 아들과 아빠의 이야기만큼이나 슬픈 게 있을까요? 김민섭 작가도 아들의 정수리에 얼굴을 대며 굳게 기도를 할까요?

『인 더 백』 속 주인공은 무기가 없었기에 폐허가 된 교회에서 주운 반 조각난 CD를 칼처럼 휘두릅니다. 그 CD는 바로 구스타프 말러의 「죽은 아이를 위한 노래」입니다. 그 곡은 프리드리히 뤼케르트*가 딸의 죽음을 슬퍼하며 쓴 글에 오케스트라 반주를 붙인 것입니다.

누가 그랬던가요, 예술가의 작품은 예술가의 삶을 뒤쫓는다고요. 이 곡을 만든 이후 말러도 뤼케르트처럼 딸을 잃었습니다. 성홍열이었지요. 자식을 잃은 예술가는 말러 말고도 또 있습니다. 피아니스트 조르주 치프라**는 꽤 번잡한 삶을 살았던 예술가였습니다. 외모는 영화배우 뺨치는 분위기가 나지만 그의 삶은 전쟁, 가난, 혁명, 굶주림의 연속이었습니다. 치프라는 자신의 피아노 반주를 지휘했던 아들을 잃습니다. 아들, 조르주 치프라 주니어는 아파트에서 젊은

---

* 프리드리히 뤼케르트 · Friedrich Ruckert (1788~1866)
독일의 대학교수. 동양어 전공한 학자이자 시인이기도 했다.

** 조르주 치프라 · Georges Cziffra (1921~1994) 헝가리 피아니스트

삶을 끊어버리고 말았지요. 아아. 위대한 예술 따윈 개나 줘버려. 자식의 죽음 앞에서 그들은 어찌 끝까지 예술을 지탱할 수 있었을까요.

치프라의 젊은 아들이 지휘하고 치프라가 피아노 치는 「프랑크의 교향적 변주곡」 영상이 유튜브에 있습니다. 저렇게 아름다운 청년이 무슨 이유로 아파트에서 목숨을 버린 것일까요? 소중한 아들을 잃은 치프라의 마음은 어땠을까요? 저는 정신이 혼잡하거나 기운이 없을 때 치프라가 연주하는 「왕벌의 비행」***을 듣습니다. 테크니컬한 그의 속주는 리스트****가 환생한다 해도 그를 이기지 못할 거라고 장담합니다(실제로 그는 '리스트의 재림자'라는 별명이 있습니다). 그리고 치프라의 느린 선율은… 아아. 그만두겠습니다.

아이를 잃어버린 부모가 울부짖은 장면을 떠올리자니 생각나는 음악이 하나 더 있습니다. 바로 마스카니*****의

*** 림스키 코르사코프의 오페라 [술탄황제 이야기]의 소품곡

**** 프란츠 리스트 · Franz Liszt (1811~1886) 헝가리 피아니스트, 작곡가, 지휘자

***** 피에트로 마스카니 · Pietro Masca′gni (1863~1945) 이탈리아 오페라 작곡가

「카발레리아 루스티카나(Cavalleria rusticana)」입니다. 이 곡은 피에트로 마스카니가 작곡한 짧은 오페라의 간주곡(Intermezzo)입니다. 마스카니는 이 오페라 외에도 몇 개의 오페라를 더 만들었으나 오직 이 곡만이 유명합니다. 카발레리아 루스티카나는 베리즈모 오페라의 시초가 되는 작품인데 기존의 오페라들은 신화나 영웅 전설의 이야기를 주로 다룬 반면 베리즈모 오페라는 서민이나 루저들의 각박한 이야기를 사실적으로 다룹니다. 근사한 내용이 아닌 사실적인 내용을 다룬다는 점에서 오페라도 이렇게 발전해 나갔다고나 할까요. 문학 사조의 변화처럼요.

카발레리아 루스티카나는 '시골 기사'라는 뜻으로 애인을 빼앗긴 투리두라는 시칠리아 청년의 이야기입니다. 이 곡은 프란시스 포드 코폴라 감독의 『대부 3』에서 장엄하게 흘러나옵니다. 늙은 마이클 콜레오네가 오페라 하우스 계단에서 자기 대신 총을 맞아 죽은 딸을 끌어안고 오열하는 장면에서 흐릅니다. 감독은 아마도 시칠리아 출신의 주인공의 서사와 매칭할 배경음악을 찾고 있었는지도 모릅니다. 선율은 당연하거니와 작품 자체가 극의 시대상과 어울리기도 합니다. 마이클의 아버지 비토가 시칠리아에서 뉴욕으로 이주할 즈음(1890년) 만들어진 곡이니까요. 연관성은 또 있습니다. 마스카니가 이 곡을 만들 즈음 그의 첫째 아들이 죽었다고 합니다. 아마도 이 곡은 아이를 잃은 슬픔이 깊이 밴 곡일지 모릅니다. 그래서 죽은 자식을 끌어안고 오열하는 마이클 씬에 코폴라 감독이 카발레리아 루스티카나를 배치한 것은 실로 적절하고 감탄스럽습니다. 아. 주름진 목젖을 떨며 하늘을 원망하는 마이클의 그 눈빛이 아직도 아른거립니다. '『대부』는 2편까지만'이라고 말하는 사람도 있지만 저는 이 음악과 마이클의 절규만으로 『대부』 3편도 명작임을 확신합니다.

저에게 있어 세상에서 가장 좋은 향기는 바로 제 아들의 머리 향입니다. 어떨 땐 고운 샴푸 향이 나고 어떨 땐 새콤한 젤리 향이 나고 또 어떨 땐 큼큼한 땀 냄새가 납니다. 그 다양한 냄새들은 저를 강하게 만들고 삶의 의지를 떠올

리게 합니다. 아들의 머리 향은 제 묵주이고 십자가이며 불

상입니다.

예술의 전당에서

'피아노의 신약성서'라고 불리는 32개의 베토벤 피아노 소나타를 저는 죽을 때까지 들을 생각입니다. 아무리 들어도 질리지 않기 때문입니다. 베토벤은 일생에 거쳐 피아노 소나타를 작업했습니다. 작품 시기에 따라 전기, 중기, 후기로 나뉘는 피아노 소나타들은 일생 베토벤의 창작 정신이 어떻게 변모하는지를 알려줍니다.

출근하듯 작업실에 갑니다. 신발을 벗고 들어와 손을 씻고 차를 내리고, 자리에 앉으면 우선 고민합니다.

'클래식 FM을 틀어놓을까, 아니면 음반을 올릴까.'

그러다가 자연스레 선택하는 것은 베토벤 피아노 소나

타입니다. '오늘 구름이 많고 흐린 날이니 32번이 좋을 것 같군.' '오늘 야간작업에는 25번부터야.'라는 식으로 기분대로 곡을 정하고 또 연주자를 정합니다. 많은 사람이 그러하겠지만 저도 에밀 길렐스 연주를 가장 좋아합니다(그는 32곡 전곡을 녹음하지 못했습니다). 길렐스를 가장 오래 들었고 그래서 귀에 익숙합니다. 10년 전까지는 주로 켐프와 슈나벨을 들었습니다. 아르투르 슈나벨은 최초로 베토벤 피아노 소나타 전곡을 녹음한 연주자인데 18세기 19세기 베토벤의 정향을 느낄 수 있습니다. 켐프는 정통 독일 피아니시즘을 내보이는 명실상부한 베토벤의 대가입니다. 건실함과 깊이감은 '앞으로 직진할 줄밖에 모르는' 베토벤과 '음미하는' 베토벤을 동시에 느낄 수 있습니다.

그러나, 그래도, 그러함에도, 베토벤 피아노 소나타는 에밀 길렐스입니다. 길렐스는 정통 평양냉면의 슴슴한 맛보다는 서울 냉면 맛일지도 모릅니다. 길렐스의 베토벤은 강하고, 화려하고, 슬프고, 맑고, 정확하면서도 상상력이 있습니다. 저는 다른 연주자와 길렐스와의 차이를 분석하곤 합니다. '이 연주자는 이 부분을 길렐스와 달리 이렇게 치는 군.' '이런 연주는 빨라서 당황스러운데 길렐스보다 더 매력 있어.' '어라, 이 사람은 길렐스와 달리 이 부분을 이렇게 넘어가네?' 등등 길렐스와 비교하며 듣습니다. 그러다 보면 연주자마다 다른 베토벤이 숨 쉬고 있음을 느낍니다. 아, 정말이지, 베토벤을 들으면 들을수록 마음이 성장하고 깊어지는 것 같습니다. (정말 그럴까요? 이 문장을 기억해 주시길.)

음향 장비에 욕심을 가지지 않기로 했습니다. 좁은 작업실 공간에 맞는 오라노트 리시버와 KEF LS50 Meta 스피커면 충분합니다. 대신 한 음악을 연주자마다 비교하고 집중해서 듣겠다고 마음먹었습니다. 제가 하는 일이 종일 책상에 앉아 글을 쓰는 것이니 다른 이들보다는 유리한 점이 있습니다. 그러길 여러 해가 지났습니다. 어느 날은 편하게 백색 소음으로, 어느 날은 작업 음악으로, 어느 날은 와인 한 잔 따라놓고 오롯이 연주자에게 몰입하며 듣습니다. 아, 고귀한 인생이여. (이 문장도 기억하세요.)

박하우스, 슈나벨, 켐프, 아라우, 브렌델, 제르킨, 폴리니, 굴다, 부흐빈더, 페를, 바렌보임, 아슈케나지, 소콜로프, 쉬프 등 유명 연주자의 음반을 하나하나 듣자면 어느새 일 년이 훌쩍 지나갑니다. 같은 연주자들이라도 녹음 연도에 따라, 모노와 스테레오에 따라 장소에 따라 연주의 호흡과 해석이 다르기에 마치 파티에 참석한 것 같습니다. 음반의 수는 점점 많아져 갑니다. 요즘에 자주 듣는 연주는 이고르 레빗*, 루이 로르티**, 폴 루이스***입니다. 이들은 현재 활동 하는 젊은 연주자들이며 인정받는 베토벤 스페셜리스트입 니다. 세 연주자의 후기 소나타 연주는 20세기 초의 명인 대 가보다 나은 점도 있습니다.

폴 루이스의 감각적인 터치가(솔직히 요즘 가장 많이 듣는 베토벤 피아노 소나타가 폴 루이스의 연주입니다), 루 이 로르티의 정률에 가까운 선명함이(저는 베토벤이 현세에 돌아온다면, 그래서 스타인웨이 피아노를 친다면 아마도 로 르티의 연주와 가장 흡사하지 않을까 하고 혼자 생각합니

다), 그리고 이고르 레빗의 사색적 연주에 매료됩니다. 이렇게 베토벤이 일생을 거쳐 만든 정신의 힘을 듣는 저는 과연 내면이 성숙해지고 성장했을까요?

일찌감치 표를 예약했습니다. 가족 네 명이 전부 가야 하니 티켓 금액이 꽤 컸습니다. 기대했던 공연이었습니다. 2022년 가을, 예술의 전당 이고르 레빗 베토벤 피아노 소나타 리사이틀. 이고르 레빗의 베토벤 피아노 소나타는 지난 겨울 내내 들어왔던 차입니다. 감탄했고 꼭 한번 공연장에서 듣고 싶다고 생각했습니다. 그가 건반에 손가락이 머물러 있는 시간에서 어떤 선禪을 느꼈습니다. 그의 베토벤은 확장하고 또 확장합니다. 마치 검은 우주에서 신나게 탐색하는 젊은 구도자의 모습을 보는 듯했습니다. 그런 그가 내한했으니 당연히 가야죠. 깊어가는 가을, 저는 두 아들과 아내와 공연을 보기로 했습니다. 그의 연주를 듣는다면 아주 멋진 가족 행사가 될 것이라고 확신했습니다. 설레고 흥분하며 그날을 기다렸습니다. 래퍼가 꿈인 중학생 큰아이에게는 이렇게 다짐을 받아 두었죠.

"랩을 위해서라도 들어보렴. 랩이 말하는 자유에는 다른 음악의 생김새를 살피는 자유도 포함되어 있을 테니까. 지루하다고 생각지 말고 집중해서 들어봐."

"좋아요. 나쁘지 않아요."

중3인 큰아이는 흔쾌히 수긍했습니다. 녀석은 꽤 조숙해서 말귀를 잘 알아듣는 것이 장점입니다. 둘째 아이도 문제없습니다. 아내는 아침부터 저녁까지 거실에 늘 클래식 FM을 틀어놓기에 초등학생인 그 녀석도 베토벤 피아노 소나타의 유명한 음률들은 귀에 익어 있습니다. 작품 번호나 연주자는 몰라도 그림을 그리다가, 또 숙제하다가 "어? 이 음악, 들어봤는데. 제목이 뭐죠?"라고 종종 물어옵니다. 익숙한 선율이면 충분하지 않겠습니까? 클래식 음악은 익숙한 데서부터 시작하니까요.

드디어 그날이 왔습니다. 공연은 7시에 시작합니다. 저는 강남 쪽에서 시나리오 회의가 있었기에 회의가 끝나는 대로 예술의 전당으로 가기로 했습니다. 아내는 아이들이

학교에서 돌아오면 아이들을 태우고 예술의 전당으로 오기로 했습니다. 제가 먼저 도착했습니다. 그런데 아무리 기다려도 아내와 아이들이 오지 않습니다. 전화해 보니 아내가 스피커폰으로 받습니다. 아내는 반포대교에서부터 차가 막힌다고 했습니다.

"아이들이 집에 오자마자 출발한 건데 퇴근 시간과 맞물려 차가 꼼짝도 하지 않고 있어!"

아내는 기다려 달라고 말했습니다. 조금 초조해졌습니다. 예술의 전당 주변의 가을 단풍도 구경하고 커피를 마시며 공연 이야기도 하고 싶었는데 그 기대가 무너지면서 기분이 좋지 않았습니다. 사람들은 어느새 북적대기 시작했고 그렇게 기다리고 있자니 아내와 아이들이 저쪽에서 헐레벌떡 오고 있습니다. 표를 건네면서 아이들에게 에티켓을 말해주었습니다. 악장과 악장 사이에는 박수를 치지 마라. 스마트폰은 반드시 꺼라. 팔걸이는 어느 것도 네 것이 아니다. 관객과 연주자는 호흡이 같아야 한다. 졸면 안 된다. 아이들은 고개를 끄덕였습니다.

"자. 그럼 들어가자."

"그런데 뭘 좀 먹으면 안 될까요?"

갑자기 큰아이가 배가 고프다고 했습니다. 학교에서 집에 오자마자 차에 실려 왔으니 밥을 먹지 못한 건 당연합니다. 한창 배고플 중학생 아닙니까. 시계를 보니 25분 정도 시간이 있기에 그 아이를 데리고 예술의 전당 지하 편의점에 갔습니다. 작은 아이는 먹지 않겠다고 해서 제 엄마랑 뮤지엄 숍에 키링을 사러 갔습니다. 편의점에서 큰아이가 집어 대는 걸 사 먹였습니다. 후루룩, 후루룩, 라면 먹는 소리. 땡. 전자레인지에 핫바가 데워지는 소리. 공연 시간이 가까워지고 마음은 조급해지는데 녀석은 제 마음도 모르는 듯 느긋합니다. 녀석이 드디어 다 먹었습니다. "늦겠다. 어서 가자." 나는 공연장 쪽으로 발길을 돌렸습니다. 그러자 뒤에서 녀석이 묻습니다. "핫바 하나만 더 먹으면 안 되나요?" 먹겠다는데 어쩝니까. 입장 시간은 이제 5분여 남짓. 불안 초초. 전자레인지에 핫바가 돌아가는 시간은 어찌나 길던지.

간신히 입장했습니다. 저와 아내, 작은 아이는 R석 1

층 중앙에 앉고(연주자가 잘 보이는 앞 열이었습니다) 큰아이는 합창석에 앉았습니다. 티켓 경쟁이 심해 네 자리를 나란히 잡을 수 없었기에 한 자리는 합창석으로 끊었던 것이죠. 녀석은 혼자 합창석에서 보겠다기에 티켓을 건네주었습니다.

연주가 시작되었습니다. 첫 곡은 베토벤 피아노 소나타 17번이었습니다. 곡이 끝나고 다음 곡이 시작될 무렵, 제 눈에는 무대의 연주자 건너 저 위 합창석 맨 앞 열에 앉아 있는 큰아이가 눈에 들어왔습니다. 그러니까 우리는 연주자와 피아노를 사이에 두고 서로 바라보는 위치에 앉아 있는 자리였습니다. 놀랍게도 녀석은 삐딱하게 앉아서 졸고 있었습니다. 아뿔싸. 속으로 탄성을 질렀습니다. 다리를 길게 늘이고 양쪽 팔걸이를 전부 차지하고, 한쪽 턱을 팔에 괴고. 그녀석 옆자리 관객은 다행히 연주에 깊게 심취하는 모습이었지만 정작 안절부절못한 건 저였습니다.

'저 자식, 공연 에티켓에 관해 그렇게 말했는데.' '코를 고는 게 아닐까? 그러면 옆에 방해가 될 텐데.' '뭘 먹는다고

할 때부터 알아봤어!' '여기가 무슨 영화관인 줄 아나?'

녀석은 대 놓고 자고 있었습니다. 어처구니가 없었습니다. 연주장에 와서 저 무슨 망측한 모습일까? 녀석은 클래식 공연장에 여러 차례 와본 경험이 있었고, 또 그간 집중해서 잘 들어준 바 있습니다. 사실 이날 걱정이 되었다면 산만한 초딩 둘째 녀석이었죠. 믿는 도끼에 발이 찍혔습니다. 큰아들이 저런 모습을!

그때부터 나는 이고르 레빗의 연주가 귀에 들어오지 않았습니다. 인터미션에 녀석을 끌고 밖으로 나왔습니다. 무서운 눈빛을 보냈습니다. 녀석은 죄송하다고 말했습니다. 너무 졸려서 그랬다고 실토했습니다.

"다 보여. 다 보였다고. 너, 대 놓고 잤어. 자식아!"

화내는 내 모습에 아내와 작은 아이는 조용히 자리를 비켜주었습니다. 아내도 녀석의 조는 모습을 본 것이겠지요.

"양쪽 팔걸이를 전부 차지하고 삐딱하게 앉아 쿨쿨 잤다고! 너는 네 옆 사람의 소중한 시간을 방해한 거야! 연주

회는 나뿐만 아니라 타인도 즐기러 온 자리라고. 연주자도 그렇지만 감상자도 민감한 장소가 바로 이곳이야! 넌 그들을 방해한 거야!"

웅성거리는 사람들 사이에 큰아이를 세워놓고 인터미션 내내 꼰대처럼 연설을 늘어놓았습니다. 녀석은 가만히 듣기만 했고요. 2부가 시작될 참이었습니다.

"지켜볼 거야!"

2부에서 큰아이는 졸지 않고 집중하는 모습이었지만 저는 공연 내내 그 녀석을 노려보기 바빴습니다. 그 사이 연주자는 앙코르를 받아 한 곡 더 연주하고 공연이 끝이 났습니다.

일이 꼬여버렸습니다. 근사한 저녁은커녕, 집으로 돌아가기로 했습니다. 9시를 훌쩍 넘긴 시간이라 마땅히 갈 곳도 없었습니다. 아내가 운전했고 저는 옆자리에, 두 아이는 뒷자리에 앉았습니다. 차 안에서 내내 기분이 상해 한마디도 하지 않았습니다. 아내도 제 기분을 알았는지 신호를 받고 차가 멈출 때마다 제 손등을 톡톡 쳐주며 이해하라는 눈빛을 보냈습니다. 그때 뒤에서 이상한 소리가 들렸습니다. 흥얼거리는 나직한 소리. 뒤에서 큰아이가 귀에 이어폰을 끼고 랩을 하고 있는 게 아니겠습니까? 가족 외출 분위기가 엉망이 되어버린 상황을 전혀 인식하지 못하고 녀석은 마치 아빠를 놀리듯 응얼거렸습니다. 저는 차 안에서 불같이 화를 냈습니다.

"너 지금 뭐 하는 거야? 지금 상황 파악이 안 돼?"

제 고함에 녀석은 눈을 동그랗게 뜨고 나를 멀뚱멀뚱 바라보았습니다. 저는 녀석의 이어폰과 전화기를 빼앗고 떠오르는 대로 마구 소리질렀습니다.

아파트 주차장에 차를 세운 아내는 아이들을 집으로 들여보내고 아파트 앞 맥줏집으로 나를 끌고 갔습니다. 아내는 시원한 맥주를 시켜주더니 마시라고 했습니다. 연거푸 500cc 두 잔을 마신 후에 손등으로 입을 닦을 때 아내가 말했습니다.

"오빠는 더 수양해야 해."

"뭐, 뭐라고?"

"깊은 바닷속에서 영혼을 들여다보는 도구라며? 베토벤이. 이런 밴댕이 소갈딱지 같은 마음으로 바다에서 헤엄이나 치겠어? 접시 물에서도 못 치겠다."

숨이 떡 막혔습니다. 아내는 1부 끝나고 야단을 쳤으면 그걸로 끝이라고 말했습니다.

"잘못을 해놓고 랩을 응얼거리잖아. 당신도 봤잖아."

아내는 나를 빤히 쳐다보았습니다.

"뭐? 왜 그런 눈으로 봐?"

"인터미션 때 아이는 사과했고 오빠는 사과를 받아들였어."

아이는 2부부터 졸지 않았고 그 꾸중은 거기서 마무리되었는 줄 알았는데 아빠가 차 안에서 난데없이 화를 내면 당황하지 않겠냐는 게 아내의 말이었습니다.

"사과를 받은 이상 그 잘못과 랩은 별개야."

"상식을 벗어난 행동을 하면 호되게 가르쳐야 해!"

아내는 제 눈을 보며 이어 말했습니다.

"아이가 상식적인 행동을 하지 않아서, 가르치기 위해

서 화를 낸 게 아니라 실상은 오빠가 공연을 즐기지 못해서 화난 거 아냐? 우리가 늦을 때부터 오빠는 꼬여 있었어. 내 말이 틀려? 틀리면 말해. 우린 오빠 장식품이 아니야."

약이 올랐지만 사실이었습니다. 제 바람대로 일이 이루어지지 않아서 한 계단 한 계단 화가 난 참에 1부에서 큰 아이 행동으로 불이 붙었고 차 안에서 랩 소리에 펑, 터졌던 겁니다. 아내 말대로 아이가 잘못한 것은 한 번의 야단으로 끝난 겁니다. 내내 지옥에 있었던 건 아이가 아니라 저였습니다. 이고르 레빗의 음악을 감상하지 못하고, 좋은 가을을 즐기지 못하고, 근사한 저녁을 먹지도 못하고, 비싼 티켓값만 날렸다고 생각했습니다.

베토벤을 들으면서 정신적 성장은 쥐뿔, 저는 그야말로 밴댕이 같은 심보를 가진 존재였습니다. 큰아이에게도, 아내에게도 미안한 마음이 들었습니다. 무엇보다 배고픈 아이가 음식을 먹고 있는데 그 앞에서 공연 시간이 촉박하다고 내심 불편한 내색을 한 게 가장 미안합니다. 또 그 좋아하는 예술의 전당 광장을 뛰어다니지도 못하고 눈치만 보았던 둘

째 아이에게도 그런 마음이 듭니다. 저는 뭐라고 말할 수 없

는, 몹시 복잡한 기분이 들었습니다.

아내는 맥주 한 잔을 더 시켜주었습니다. 반건조 오징

어도 쭉쭉 찢어 내 앞에 내놓았습니다. 그리고 이렇게 말했

습니다.

"마셔. 마시고 베토벤을 다시 공부해."

III. Larghetto maestoso

3악장. 다소 느리고 넓게, 장엄하게

슈만의 유령

"저녁 같은 아침이네. 꼭 유령이라도 나올 것 같네."

계산대에 앉아있던 여주인이 팔을 괸 채 중얼거립니다. 아침 일찍 작업실에 나왔지만 일하기 싫어서 근처 단골 LP 가게(그곳은 작은 한옥을 개조해서 만든 음반 가게입니다)에 와서 CD를 뒤적거리고 있던 참이었습니다.

여주인이 바라보는 시선을 따라가니 한옥 창밖으로 보이는 마당은 축축하다 못해 물이 배수로로 줄줄 흐르고 있습니다. 비가 오는데도 미세먼지는 가시지 않는 날입니다. 흑우가 뒤덮인 서촌 거리는 어두웠고 부채만 한 낙엽들이 뒹굴고 있습니다. 이 비는 올해 들어 두 번째 내린 가을비입니다.

"그러네요. 우중충한 날씨네요. 커피 잘 마셨습니다."

나는 얻어 마신 컵을 돌려주려고 계산대로 다가갔습니다. 가까이에서 보니 여주인은 어딘가 모를 상념에 빠져 있는 듯했습니다. 아주 짧은 순간이었지만, 그녀의 긴 속눈썹 속에 미끈한 동막에서 금방이라도 액이 스며 나오는 것을 나는 보았습니다.

"슬퍼. 가을이."

이 말을 듣자 '또 시작되겠구나' 얼른 나가야겠다고 생각합니다.

웃을 때 볼 아래로 보조개 두 개가 깊숙이 패는 그분을 처음 보았을 땐 젊었을 때 참 아름다운 분이셨을 것 같다, 그런 생각이 들었습니다. 젊은 시절 또래로 만났다면 데이트를 신청했을지도 모릅니다. 나는 서둘러 가게를 나가야겠다고 생각했습니다. 특히나 지금처럼 저렇게 센티멘털한 표정을 지으면 피해야 합니다. 이혼한 남편 이야기, 동창에게 빌려준 돈 이야기, 돈 빌려준 동창의 미국으로 유학 간 딸 이야기, 반으로 떨어진 코인 이야기 등, 듣고 있으면 이분에게 슬프지 않은 일은 없습니다. 그런데 달아나야 하는 이유는 그게 아닙니다. 그분이 조성한 센티멘털한 분위기가 결국은 앨범 구매를 하게 하는 겁니다. 듣고 있으면 앨범을 사지 않을 수 없게 되는 거지요. 강매 아닌 강매. 그게 이분의 특기입니다. 오늘은 그냥 신규 앨범이 나왔는지 구경만 할 뿐 앨범을 구매할 생각이 없었습니다.

제가 달아나려 한다는 것을 눈치챈 그녀는 노려봅니다.

"벌써 가려고요?"

"아, 그게 저기, 아. 맞다. 주사 맞으러 가야 해서요. 코로나 주사."

"지난달에 3차 맞았다며?"

"그, 그게."

들킨 게 부끄러워 이러지도 저러지도 못하고 있을 때 여주인이 말했습니다.

"지금 나오는 곡, 누구 건 줄 알아요?"

가게에는 슈만의 피아노 소나타 1번에 흐르고 있었습

니다.

"슈만이잖아요."

그녀는 보조개를 만들며 웃었습니다.

"그럼 슈만 유령 이야기 알아요?"

"슈만 유령? 아니요."

그녀는 그럴 줄 알았다는 듯 더 크게 빙긋거립니다. 아까와는 확연히 다른 모습입니다. 마당을 보며 녹은 엿처럼 처연하던 눈이 어느새 활기가 찹니다. 나는 알고 있습니다. 저분한테 살포시 들어간 저 보조개가 깊어질수록 할 말이 많다는 것을. 저도 생각이 바뀌었습니다. 키 높은 의자를 계산대까지 끌어와 놓고 앉았습니다. 그리고 그녀를 바라보았습니다.

"들을 준비되었습니다. 슈만 유령 이야기."

"간다며? 주사 맞으러."

"코로나는 걸린 걸로 하겠습니다."

"커피 더 할래요?"

강령술 모임의 호스트인 스웨덴 대사가 자리에 앉자 주변은 고요해집니다. 그들은 이번에 등장할 유령이 궁금하기도 하고 또 내심 걱정되기도 했습니다. 유령은 종잡을 수 없습니다. 저번 모임에서는 유령을 만나지 못했고 그 이전 모임에서는 나폴레옹 유령이 나타나 행패를 부리고 갔기 때문이죠. 강령술 모임서 유령이 부리는 행패는 흔히 두 가지입니다. 질문에 반대로 대답하는 것, 아니면 같은 글자만 나열하는 것. 회원들은 오늘은 제발 점잖은 유령이 나타나길 바라고 있었습니다.

일원 중에는 바이올리니스트 아디라 파치리와 옐리 다라니도 있었습니다. 이들은 친자매였고 요제프 요하임의 조카딸들이었습니다. 요제프 요하임이 누굽니까. 그는 헝가리 태생의 바이올린 연주자로, 1800년대 최고의 바이올리니스트로 평가받던 음악가였습니다. 그러니까 지금으로 치면 60년대 록의 대명사 비틀즈, 80년대 팝의 대명사 마이클 잭슨처럼 당대 대중들이 바이올린의 대명사로 인정한 음악가이죠. 요제프 요하임은 멘델스존, 브람스, 슈만 등의 작곡가들도 자신이 쓴 악보를 제일 먼저 보내는 연주자였습니다. 그가 초연하면 그 곡은 금세 유명해지기 때문이지요. 그런 요하임 가문의 피를 이어받았는지 참석한 자매 중 옐리 다라니 양은 바이올리니스트로 명성을 얻고 있었습니다.

"자. 시작합시다."

조명이 어두워지자 그들은 눈을 감고 손을 맞잡았습니다. 이번에는 어떤 유령이 찾아올 것인지 기대하며 마음을 집중했습니다. 얼마쯤 되자 기온이 내려갔고 참석자들은 입에서 허연 입김을 내뿜기 시작했습니다. 팟, 작은 전구에 불이 꺼졌습니다. 주최자인 스웨덴 대사가 중얼거렸습니다.

"온 모양입니다."

"그럼 대사께서 유령에게 신분을 물어보시지요."

테이블에 앉은 누군가 말했습니다. 대사는 고개를 끄덕인 후 나타난 유령에게 묻기 시작합니다.

"당신은 죽은 사람이 맞습니까?"

탁자 위 알파벳 Y에 화살표가 멈춥니다. Yes.

"당신 이름을 우리에게 알려줄 수 있습니까?"

화살표가 천천히 알파벳을 나열합니다.

R··o··b··e··r··t·····

A··l··e··x··a··n··d··e··r······

S··c··h······

로베르트 알렉산더 슈만. 유령은 자신이 슈만이라고 밝혔습니다. 알파벳 판을 본 사람들은 전부 경악을 금치 못했습니다.

"맙소사. 슈만이 찾아오다니!"

슈만은 또 누구이던가요. 독일의 작곡가, 지휘자, 평론가이며 18세기 독일 낭만주의를 이끈, 한마디로 클래식 음악계에서 '인싸 중 핵인싸'입니다. 당시 듣보잡(?) 피아니스트였던 쇼팽과 함부르크 촌놈인 브람스도 슈만의 힘으로 세상에 알려졌습니다. 그 영향력이 지금의 연예계로 비유하면 하이브의 방시혁 의장쯤 될까요? 아니면 JYP의 박진영? 아무튼 당시 클래식 바닥에서 슈만은 그러했습니다. 강령회를

여는 지금이 1933년이니, 1856년에 정신병원에서 사망한 슈만이 77년 만에 다시 세상에 나타난 것입니다.

"우리에게 하고 싶은 말이 있나요?"

그러자 유령은 알파벳 Y를 가리켰습니다. 그렇다는 표시. 유령은 말을 하지 못하고 테이블에 있는 알파벳을 움직여 의사를 표시합니다. 보통 강령술 모임은 유령을 불러내어 궁금한 것을 묻기로 하지만 때에 따라선 유령의 메시지를 받기도 합니다. 유령이 산 자에게 하고 싶은 말을 전하기 위해 찾아오기도 하는 것이죠. 슈만 역시 이들에게 어떤 메시지를 주려고 온 것이었습니다. 슈만의 메시지가 알파벳 문장으로 이어졌습니다. 대사가 그 문장을 띄엄띄엄 읽었습니다.

[……나의……바이올린……협주곡 악보를……찾아 주시오……]

슈만의 유령은 그 말만 하고 사라졌습니다. 파팟, 거리던 전구에 불이 들어오고 공간은 다시 밝아졌습니다. 다들 얼마나 긴장했던지 손마다 흠뻑 땀이 젖어 있었습니다.

"맙소사, 슈만의 바이올린 협주곡이 있다고?"

사람들은 그 메시지에 더 경악했습니다. 슈베르트, 멘델스존과 함께 독일 전기 낭만주의를 이끌었던 슈만은 교향곡, 첼로 협주곡. 피아노 소나타, 서곡, 현악 사중주, 가곡, 합창곡 등 장르를 가리지 않고 150여 곡을 작곡했지만 유독 바이올린 협주곡만은 한 편도 작곡하지 않았거든요. 그런데 난데없이 슈만 유령이 나타나서 자신의 바이올린 협주곡 악보를 찾아달라니.

그 자리에 있던 사람 중 특히 흥분한 사람이 있었습니다. 바로 요하임의 조카딸이자 바이올리니스트인 옐리 다라니였습니다.

"잊힌 곡이 있을 수 있어! 슈베르트도 그랬잖아. '그레이트'라고 쓰인 슈베르트의 버려진 교향곡 악보를 찾아내어 9번 교향곡으로 이름 붙이고 세상에 공개한 것도 슈만이잖아!"

가능한 일이었습니다. 음악가들의 악보는 대부분 생전에 출판되었지만, 사후에도 출판되었습니다. 그런 경우는 보통 유족들이 자료를 정리하고 모아서 출판하는 경우입니다. 슈만은 1853년에 정신착란을 이기지 못하고 라인강에 몸을 던졌고 간신히 살아났습니다. 이후 정신병원에 입원했고 만 2년 뒤인 1856년 7월에 46세의 나이로 세상을 떠났습니다. 공개되지 않은 악보가 있다면 슈만이 정신병원에서 작곡한 악보이거나 혹은 이전에 작곡해 두었더라도 아내 클라라 슈만이 사후 출판하지 못하도록 막은 악보일 수도 있습니다. 그러나 당시는 클라라도 브람스도 죽은 지 오랜 후입니다.

자매는 지인들에게 수소문했으나 유령이 말한 악보를 찾을 방도가 없었습니다. 구체적인 단서를 말해주었으면 좋았겠지만 유령은 그저 '찾아달라'고만 부탁하고 사라졌으니 막막했습니다.

그때 다라니가 기발한 생각을 했습니다.

"할아버지를 부르자!"

"좋은 생각이야, 할아버지라면 아실 거야!"

그녀들의 할아버지라면 요제프 요하임을 말하는 것입

니다. 바이올리니스트 요제프 요하임은 당대 유명한 연주가였으며 작곡가 슈만과 아주 친했습니다. 자매는 할아버지 유령을 불러서 슈만의 악보를 물어보면 단서를 찾을 수 있다고 생각했습니다. 그들은 얼마 후 다시 모여 강령술을 열었고 결국 요제프 요하임의 유령을 불러냈습니다.

"할아버지. 슈만의 바이올린 협주곡 악보가 존재하나요?"

질문이 끝나자마자 이리저리 알파벳이 움직이고 문장이 만들어집니다.

-내가 봉인해 두었다.

맙소사, 이게 또 무슨 말입니까. 악보를 숨겨둔 범인이 바로 요제프 요하임이라니. 요제프 요하임 유령은 슈만의 바이올린 협주곡 악보가 베를린의 어느 대학 도서관에 있다고 말해주었습니다.

두 자매는 요하임 유령이 말하는 곳으로 가서 슈만의 악보를 물었습니다. 이상하게도 악보는 그곳에 없었습니다. 다만 무언가를 짐작한 도서관 직원은 프러시아 국립 도서관에 가보라고 말했고 결국 자매는 거기서 밀봉된 슈만의 바이올린 협주곡 악보를 찾을 수 있었습니다. 그것이 바로 슈만 사후 발견한 바이올린 협주곡 D단조 WoO 23입니다.

"실화입니까?"

여주인은 끄덕.

"진짜로 유령이 그렇게 말했다고요?"

끄덕끄덕.

여주인의 확신에 찬 눈을 보면서도 나는 반은 믿지 못하겠다는 표정을 지었습니다.

"들려주세요. 가게에 있을 거 아녜요."

"차 작가, 한 장 사."

"이런."

결국 게오르크 쿨렌캄프가 연주하는 『슈만 바이올린 협주곡 D단조』 앨범을 샀습니다. 여주인이 막무가내로 꽂혀 있는 음반을 꺼내 내밀었기에 어쩔 수 없었습니다. 제가 앞에서 말했지요? 이분은 이런 식으로 음반을 파는 재

주가 있습니다. 안 살 수 없는 조건을 만들어 강매 아닌 강
매를 쩝.

그녀는 슈만의 바이올린 협주곡은 예후디 메뉴인의 연
주가 유명하지만 자신은 쿨렌캄프 연주가 더 좋다고 말했
습니다. 그래서 나도 쿨렌캄프로 선택했습니다. 쿨렌캄프는
세상에 다시 나온 슈만의 바이올린곡을 처음으로 연주했다
고 합니다. 1937년의 일입니다. 악보를 찾아낸 옐린 다리니
가 초연을 욕심냈으나(악보를 자기가 발굴했으니 자기에게
초연을 할 수 있도록 주장했다고 합니다) 결국 초연의 기회
는 쿨렌캄프에게 돌아갔다고 합니다. 대신 다라니는 미국에
서의 첫 연주로 한을 풀었습니다.

내가 물었습니다.

"그런데 요제프 요하임은 악보를 왜 숨겨놓은 겁니까?"

"슈만은 정신병자였잖아. 그는 심한 환청과 조울증을
앓았다고 해. 바이올린 협주곡을 작곡할 무렵 그의 불안증
은 심각했나 봐. 곡이 완성하고 난 직후 라인강에 투신했으
니까. 요제프 요하임은 이 곡이 슈만이 가장 불안한 시절

에 만들어진 곡이었기에 깊은 영혼의 울림이 없다고 생각했을지도."

"정신병자가 만들었으니 연주하지 않겠다?"

"응. 나도 그런 것 같아. 굉장히 불안한 정신 에너지로 만들어진 곡이기에 악마의 작품이라고 생각했겠지. 그래서 한번 연주해 보고는 그냥 던져두었을 거고."

"슈만이 잘 나갈 때는 두 사람이 친했을 거 아녜요. 슈만이 준 악보를 그렇게 무시해도 되나요?"

"라인강에 투신할 때의 슈만은 예전의 슈만이 아니었지. 사실 슈만의 아내 클라라도 같은 생각을 했어요. 슈만 사후 남편 곡을 모을 때 그 곡이 목록에는 있었지만 빼버렸다고 하니까. 들어보면 알겠지만 군데군데 불안한 악장이 들리긴 해요. 나는 그것도 예술의 한 부분이라고 생각해. 듣기 좋은 것만 음악이 아니잖아. 어떤 과정을 거친 작품인지가 더 중요할지도 몰라. 이 곡은 슈만의 마지막 감정, 그러니까 예술혼과 광기가 뒤섞인 곡이에요."

가게 안에 퍼지는 바이올린 선율은 2악장으로 넘어가

고 있었습니다. 여주인은 눈을 감고 음률을 느끼고 있었습니다.

나도 눈을 감았습니다. 얼핏 들어도 1악장과 달리 명랑한 선율이 느리게 흐릅니다. 그 명랑함에 어딘가 모를 광기가 서린 것 같았습니다.

"음. 그런 말을 듣고 들으니 불안한 기운이 스며들어 있는 것 같아요. 하지만 명랑한 구석도 있네요."

"직접 느껴 봐. 이 선율이 미친 사람이 만든 선율인지 아닌지."

3악장은 다시 활기찹니다. 당당하게 걸어가는 춤꾼의 발걸음 같습니다. 풍부하지만 조급하다가 다시 평평해지고 그래서 안정되다가 또 비틀댑니다. 선율을 좁게 치올라가다 장엄하게 끝납니다.

우리는 슈만의 바이올린 협주곡 D단조를 끝까지 들었습니다. 나는 눈을 떴습니다. 매우 오래된 녹음이어서 처음에는 '오빠는 풍각쟁이야'를 듣는 기분이었지만 중반 이후에는 여주인이 안내하는 대로 느낌을 찾다 보니 어느새 음질은 잊고 말았습니다. 연주는 멋졌습니다.

"에후디 메뉴인의 음질은 이것보다 더 좋겠군요."

여주인은 여전히 눈을 감고 있습니다.

"아니야. 이게 최고야."

그녀는 이게 역사적 음반이라고 했습니다. 그녀는 여운을 더 느끼려는 듯 눈을 감은 채 이렇게 말했습니다.

"굴렌캄프는 나치였어."

"엥?"

내가 발끈했습니다.

"환불해 줘요. 나치 음악은 듣지 않겠어요. 난 서정주의 시도 읽지 않는 사람인데요!"

여주인이 감은 눈을 떴습니다. 그녀는 눈을 흘기며 말했습니다.

"슈만을 들어요. 바보야."

느뵈, 영혼과 육신이 흩어졌대도

"치간(Tzigane) 들어봤어?"

내가 마지막 남은 만두로 짜장면 그릇 바닥을 게걸스럽게 긁고 있을 때 아내가 물었습니다. 추석 연휴, 아내와 나는 짜장면으로 한 끼를 때우고 있습니다. 우리 가족은 부모님이 계신 고향에 내려가지 않았습니다. 코로나 때문입니다. 코로나가 벌써 2년째 세상을 괴롭히고 있고, 사람들이 지긋지긋해하는 모습이 역력합니다. 그래서 점점 과감해지는 모양입니다.

추석 연휴의 서울은 한산합니다. 우리도 내려갈까 고민했지만, 연세가 많은 부모님 건강이 걱정되어 그만두었습니다. 작은 아이는 옆 동에 사는 친구와 자전거를 타러 나갔고 큰아이는 스터디 카페에 간다고 가방을 챙겨 들고 나갔습니다. 예전 같으면 못 나가게 했겠지만, 제가 뭐라고 했죠? 지긋지긋해한다고 했었죠? 그렇습니다. 저도 코로나가 지긋지긋해 밖으로 나가려는 아이들을 말리지 못했습니다. 둘만 남은 우리는 짜장면과 짬뽕, 군만두를 시키고 맥주를 꺼냈습니다.

"치간?"

접시에 입을 댄 채 당황했습니다. 후루룩, 서둘러 남은 짜장 양념과 만두를 흡입하고 자장면 그릇을 아내 앞에 놓았습니다. (내가 시킨 짬뽕을 다 먹고 아내가 남긴 짜장면을 싹 비운 참이었거든요) 우물거리는 입을 닦으며 아내를 바라보았습니다. 아직 씹는 중이었기에 대답할 여력이 없었습니다. 그녀는 내가 목이 막힌 것을 알았는지 차가운 보리차를 내밀었습니다. 나는 보리차를 받지 않고 놓아둔 맥주를 벌컥벌컥 마시고 아내를 바라보았습니다. 그리고 치간을 들어보지 못했다고 눈으로 말했습니다.

"그럼 들어볼래?"

아내가 일어나 CD를 넣고 돌아왔습니다.

조용하게 바이올린 소리가 흐르기 시작했습니다. 독주였습니다. 독특한 기교를 내뿜는 소리가 조급하고 불특정한 트릴음(trill : 현을 떨듯이 소리 내는 꾸밈음)이 수상하게 현을 벼립니다. 오래된 녹음 같습니다. 그런 선율들은 뭐랄까, 이탈리아 흑백 영화에서나 어울릴 것 같았습니다. 올드한 신파 영화에서 여자 주인공이 죽거나, 남자 주인공이 고향으로 돌아왔을 때, 또는 연인이 편지만 두고 사라진 것을 알았을 때 퍼질 만한 배경음 같다고나 할까요. 내 귀에는 그만큼 촌스럽게 들렸습니다.

그렇게 생각하고 있자니 멜로디는 다시 빨라지고 현악적으로 변합니다. 분방합니다. 심지어 손으로 바이올린 현을 튕기는 소리까지 팅팅 요란합니다. 조금씩 귀가 열리기 시작했습니다. 다소 불편했지만 묘한 매력이 감싸옵니다.

아내는 빙긋이 웃으며 '어때'라고 미소를 지었습니다.

"복잡하고 좀 이상해."

"모리스 라벨, 볼레로를 작곡한 사람이 만든 바이올린 소품이야."

"왜 갑자기 치간?"

"추석 연휴에 부모님한테 못 가고 중국음식 시켜 먹는 우리가 참 불쌍해서."

그녀는 그렇게 말하고 일어나 양치하러 욕실로 갔습니다.

모리스 라벨은 여성 바이올리니스트 옐리 다라니의 연주를 듣고 반해 이 바이올린 곡을 작곡했다고 합니다. '치간'란 프랑스어로 '집시'라는 뜻입니다. 다라니는 헝가리 출신이었습니다. 그녀 연주에는 헝가리 집시의 열정이 있었나 봅니다. 프랑스인 라벨은 그 헝가리풍 멜로디에 홀딱 반했던 것 같습니다.

옐리 다라니는 1924년 4월, 이 곡을 초연했습니다. 이 곡은 극의 일부도 아니며 어떤 함의를 가진 곡도 아닙니다. 그저 바이올린 솔로의 즉흥적인 기교와 현을 다루는 수

준 높은 카덴차를 느낄 수 있도록 만든 소곡(小曲)입니다.

"잠깐만. 다라니? 옐리 다라니? 어디서 들어본 이름인데?"

"들어봤다고?"

아내가 칫솔을 물고 욕실에서 얼굴을 삐쭉 내비칩니다.

"아. 맞다. 슈만의 유령!"

서촌의 음반가게 여주인이 들려준 이야기가 생각나 말했습니다.

"강령회에 나타난 슈만이 자신의 바이올린 협주곡을 찾아달라고 요청한 대상이 바로 옐리 다라니야. 당시 유럽 최고의 바이올리니스트 요제프 요하임의 조카딸이지."

그 이야기는 클래식을 좀 아는 아내도 처음 듣는 모양이었습니다. 아내에게 여주인이 들려준 슈만의 유령 이야기를 들려주었습니다. 아내도 무척 재미있어했습니다.

"옐리 다라니, 아주 유명한 사람이었구나. 슈만의 바이올린 협주곡을 찾아내서 스스로 초연하겠다고 고집부렸을 때 다들 초연을 맡기지 않은 것 같아서(발견된 슈만의 바이

올린 협주곡은 게오르그 쿨렌캄프가 초연했습니다) 실력이
별론가 싶었는데. 아무튼, 이 곡은 묘하긴 하지만 그다지 내
귀에는 당기지 않는데."

　　높고 낮게 제멋대로 흐르는 치간의 멜로디가 내 귀에
는 바이올린으로 장난치는 소음같이 느껴졌습니다. 듣는 중
에 아내가 일어나 CD를 껐으면 좋겠다고 생각했을 정도니
까요.

　　"별로야?"

　　"응. 그리고 음질도 왜 이래? 오래된 연주 같아."

　　그러자 아내가 웃습니다.

　　"하하하. 그치? 이건 1945년에 영국에서 녹음한 거야."

　　"누군데? 연주자가?"

　　"지네트 느뵈*."

　　"처음 들어보는데?"

　　"이제 오빠가 알아야 할 연주가가 하나 더 생긴 거야.
느뵈는 내가 제일 좋아하는 바이올리니스트이기도 해."

　　"음."

－－－－－－－－－－

*　　지네트 느뵈 · Ginette Neveu (1919~1949) 프랑스 바이올리니스트

내가 무슨 말을 하려는데 아내가 내 입을 가로막습니다.

"잠깐만. 여기 이 부분. 너무 좋아."

바이올린 소리가 느려졌다가 빨라지는 부분이 시작됩니다. 아내는 눈을 감았습니다. 아닌 게 아니라 소리는 클라이맥스로 끝없이 치올라가고 있었습니다.

"초보에겐 좀 낯설 거야. 하지만 아주 유명한 곡이야. 치간은 지금 흐르는 느뵈의 연주가 최고지. '치간은 오직 느뵈의 것이다'라는 말도 있으니까. 이 곡이 좋아지려면 우선 유튜브로 영상을 봐. 아무 연주자라도 좋아. 이후에 CD로 듣는다면 감흥이 착 달라붙을 거야."

"그건 왜 그런 거지?"

"이 곡은 엄청나게 어려운 곡이거든. 대가가 아니면 연주하지 못해. 누군가 이 곡을 연주하는 영상이 있다면 그는 수준 높은 연주자일 게 분명하고 오빠는 아마도 그 연주자가 심혈을 기울이는 모습에 어느새 푹 빠져 있을 거야. 경지를 훔쳐보는 기분일 테니까."

"내가 그렇게 될 거라고?"

"장담해. 어쩌면 음악은 귀로 듣는 게 아니라 눈으로 듣는 것일 수도 있어. 일단 연주 영상을 본 후에 다시 들어봐. '눈이 귀를 돕는다' 그걸 느껴보란 말이야. 초보 씨. 그리고 이 짜장면 그릇들은 씻어서 재활용 통에 내놔 줄래?"

내가 그릇들을 챙길 때 아내가 다시 나를 부릅니다.

"그리고 오빠."

"응?"

"짬뽕 국물을 이렇게 남기지 않고 다 마시다간 나중에 나이 들어서 고생한다."

방으로 들어온 나는 유튜브에서 치간을 찾아보았습니다. 막심 벤게로프가 클라우디오 아바도가 지휘하는 베를린 필하모닉의 영상이 제일 먼저 눈에 들어왔고 러시아의 전설적인 바이올리니스트 오이스트라흐의 흑백 영상도 올라와 있었습니다.

막심 벤게로프의 연주를 감상했습니다. 벤게로프의 연주는 아내가 들려주었던 지네트 느뵈의 선율보다는 선명했고 명확했습니다. 사실 느뵈의 연주는 머리에 남아 있지도 않았습니다. 벤게로프는 피아노 반주에 맞추어, 아니 반주에 맞추지 않고 홀로인 듯 바이올린을 켜고 있었습니다.

"대단하다."

마치 내가 스트라디바리우스**가 되어 한바탕 줄과 싸운 것 같았습니다. 음을 일으키는 연주자의 외로움과 고통이 내 몸에 고스란히 전달되었습니다. 과히 아내 말대로 바이올린의 대가이어야만 저런 깊이를 뽑아낼 수 있을 것 같습니다. 영상에 푹 빠져버렸습니다. 어느새 10분이 지나 있었고 다시 돌려 영상을 감상했습니다. 그러기를 몇 번이나 했는지 모릅니다.

'영상으로 보니 정말 장난이 아니구나. 저 연주, 실제로 보고 싶다!'

복잡해 보이던 음은 내 가슴에 안착했고 나는 두어 번더 벤게로프의 영상을 돌려보며 음을 대충 따를 수 있게 되었습니다. 아내가 한 말이 떠올랐습니다.

** 　　 스트라디바리우스 : 이탈리아 바이올린 명가에서 만든 명품 바이올린 메이커. 정경화도 이 바이올린 값을 치르기 위해 몇년동안 연주 여행시 싼 호텔을 묵었다고 한다.

"유튜브 영상을 본 후 CD로 느뵈의 연주를 꼭 들어봐!"

애플뮤직에서 느뵈를 찾았습니다. 냉장고에서 차가운 캔맥주 하나를 꺼내와 소파에 앉았습니다.

"좋아. 집중해 볼까?"

맥주는 한 모금도 마시지 못했습니다. 연주를 듣자마자 눈물을 콸콸 쏟아냈기 때문입니다. 그녀가 켜는 바이올린 선율은 동굴 속에 혼자 들어앉은 기분을 안겨 주었습니다.

오래된 녹음이었지만 유튜브에서 본 벤게로프보다 더 한 힘과 슬픔이 녹아있습니다. 짜장면을 먹으면서 대충 들었던 올드하고 촌스러운, 기괴한 바이올린 소리는 온데간데 없었습니다. 그녀 말대로 영상으로 연주자의 기품을 맛본 후 청력으로 음악을 쫓으니 와 닿는 점이 달랐습니다. 느뵈도 영상이 있었다면 얼마나 좋았을까. 치간을 연주하는 그녀의 얼굴이 궁금해졌습니다. 그녀의 표정을, 그녀의 손을, 그녀의 어깨춤을 하나하나 경험하고 싶었습니다.

유튜브에 올라온 느뵈의 연주는 에르네스트 쇼송***의

***　에르네스트 쇼송 · Ernest Chausson (1855~1899)
　　프랑스 낭만파와 드뷔시를 연결하는 주요 작곡가 중 한 명이다.

「바이올린과 오케스트라를 위한 시곡(Poème)」을 연주하는 영상이 유일합니다.

지네트 느뵈는 요절한 천재 바이올리니스트입니다. 느뵈의 연주는 치간, 쇼팽의 녹턴 20번, 바흐의 샤콘느, 브람스 바이올린 협주곡이 유명합니다. 뒤프레가 엘가의 첼로 협주곡이라면 느뵈는 라벨의 치간이라고 하지요. (혹자는 브람스의 바이올린 협주곡이라고 말하는 사람도 있습니다) 절대 명반, 절대 명연은 없다고 하지만 그 두 곡은 아직 그렇습니다. (아내는 일부는 수긍하고 일부는 수긍하지 못하는 편입니다. 음악은 각자가 좋아하는 연주자와 각기 다른 연주 스타일을 좋아하는 것이라고 주창합니다.)

바이올린 콩쿠르는 파가니니 콩쿠르와 비에냐프스키 바이올린 콩쿠르가 가장 유명합니다. 느뵈는 1935년 비에냐프스키 바이올린 콩쿠르에서 180명 중 1등으로 선정되었습니다. 2등이 바로 그 유명한 러시아 바이올린의 대가 다비드 오이스트라흐입니다. 이때 느뵈는 열여섯 살이었고 오이스트라흐는 스물일곱 살이었습니다. 데뷔부터 최정점에 서 있었던 그녀는 이후 유럽과 미국, 러시아 등지를 바쁘게 돌아다녔습니다. 천재는 시대를 타고나지 않으면 불운한 법입니다. 그녀에게 불운은 바로 전쟁이었습니다. 그녀의 시대에 세상은 그녀의 음악을 들을 여유가 없었습니다. 그녀는 기차나 비행기를 타고 이동하며 점령군이 점령한 유럽의 도시에서 가시지 않은 화약 냄새를 맡으며 바이올린을 켰습니다. 느뵈는 1946년과 1947년은 미국에서 연주를 했습니다. 1949년에 파리에서 콘서트를 마친 느뵈는 미국으로 이동하기 위해 에어 프랑스기에 올랐고 그 비행기는 이륙 후 대서양 아조레스 군도의 로돈타 산에 추락했습니다. 생존자는 없었습니다. 느뵈의 시신은 바이올린이 사라진 케이스를 꼭 안고 있었다고 전해집니다. 삼십 년을 바이올린과 함께 살다 간 인생이었습니다. 육신이 사라졌어도 그녀의 작은 몸에 고여 있던 예술혼은 흩어지지 않을 것입니다.

느뵈는 프랑스의 페르 라셰즈 묘지에 안장되었습니다. 거기에는 피아노의 시인 쇼팽, 작가 오스카 와일드, 샹송 가

수 에디트 피아프가 묻힌 곳입니다. 아이러니한 것은 에디트 피아프의 연인이었던 권투선수 마르셀 세르당도 느뵈와 같은 비행기에 타고 있었고 그날 죽었습니다.

치간 뒤에 나오는 쇼팽의 녹턴 20번이 흐릅니다. 나는 고개를 숙이고 한참을 움직이지 않았습니다. 느뵈의 이 연주로 클래식 초짜인 내가 한 단계 성숙했다고 자부하게 되었습니다.

맥주는 미지근해져 있었고 나는 축 처져버렸습니다. 너무 울었기 때문이지요. 이 곡을 작곡한 모리스 라벨의 사진을 보니 반듯한 린넨 양복을 입고 겨드랑이에 신문을 끼운 채 유럽의 어느 골목에서 대로로 걸어 나와 곧장 카페에 들어갈 것만 같은 외모에 조금 차가워 보입니다. 말대로 그는 고급 정장을 차려입는 패셔니스타였고 와인 애호가였습니다. 그는 독신으로 죽었습니다. 택시 사고로 뇌진탕을 일으킨 이후 건망증이 잦았는데 주변에서 수술을 받으라고 권유했지만, 치료를 미루다 결국, 내키지 않는 뇌수술 직후 혼수상태에 빠져 다시는 깨어나지 못했습니다. 화장품을 사용

하고 향수를 좋아했으며 손톱에 매니큐어를 바르는 취향이

있었다고 합니다.

나의 삿된 취미

마이클 치미노가 연출하고 로버트 드 니로와 메릴 스트립이 열연했던 『디어 헌터』는 51회 아카데미 작품상, 감독상, 음향상 등을 받은 명작입니다. 돈을 걸고 한 발의 총알을 넣은 권총을 이마에 대고 쏘는 '러시안 룰렛' 게임으로도 잘 알려진 영화입니다. 나는 이 영화를 고등학교 때 주말의 명화에서 처음 보았는데요, 그 후 지금까지 수십 번을 돌려보았을 만큼 좋아합니다. 한때 네이버 카페 닉네임을 '디어 헌터'로 썼을 정도였으니까요.

사실 박진감 없는 내용에 재미있지도 않습니다. 솔직히 지루합니다. 펜실베이니아 우크라이나 이민자들의 마을에서 벌어지는 결혼식 파티 장면이 영화의 반을 차지합니다. 그래도 자꾸 보면, 곳곳에서 보이는 움직임들이 매력적입니다. 노동자들이 탈의실 밖으로 어깨를 치며 걸어 나오는 장면이나 맥주병을 옮기는 장면 등, 재미 따윈 조금도 없는 그 장면들이 은근히 사실적입니다. 연기가 아닌 몰래 찍은 게 아닌가 싶을 정도로요. 그래서 보는 맛이 있습니다.

배우들 연기에 내포된 페이소스는 강렬합니다. 전쟁터에서 돌아온 남자, 젊은 로버트 드니로의 단단한 결기가 응집된 입술. 기다리는 여자, 청초한 메릴 스트립의 수줍은 미소. 상처받은 남자, 크리스토퍼 월켄의 불안에 젖은 눈. 그 외에도 부박한 인상이 한층 강화된 존 카제일의 건들거리는 얇은 어깨, 피아노에 앉아 사슴처럼 순하게 웃던 조지 던자의 모습까지.

내가 클래식 기타를 배우고자 결심한 것은 영화 『디어헌터』 때문이었습니다. 이 영화의 주제곡 「카바티나」를 꼭 연주해야 했으니까요. 5년 전쯤이었나요, 혜화동 작업실에 기름 난로를 꺼내놓은 시점이었으니 겨울이었을 겁니다. 그

날도 별생각 없이 『디어 헌터』를 보고 있었는데, 배경음으로 흐르는 존 윌리엄스의 기타 선율을 듣는 순간 나는 「카바티나」를 반드시 쳐야겠다고 생각했습니다. 네, 갑자기요. 저건 내 음악이야. 그래, 평생 즐길 취미 하나를 가지는 건 좋지. 내 취미는 이제부터 「카바티나」를 치는 거야. 다른 건 아무래도 상관없어. 저 「카바티나」 하나만 연주하면 돼. 악기는 뭐가 좋을까? 존 윌리엄스(스타워즈를 작곡한 영화음악가가 아닌 클래식 기타리스트입니다)처럼 클래식 기타로 하자. 작업실에 찾아오는 손님들한테 커피를 대접하면서 그 곡을 들려주면 나는 멋진 작가로 소문나겠지. 으흐흐.

아파트 상가에 마침 클래식 기타 학원이 있었습니다. 민화 교습소와 칸을 나눠 함께 사용하는 곳이었어요. 당장 수업을 끊었습니다. 클래식 기타도 하나 샀습니다. 신품은 너무 비싸서 학원 선생님이 가지고 있던 것을 구매했습니다. 짧게 말하겠습니다. 나는 두 달도 안 되어서 포기했습니다. 당연히 학원에서는 당장 카바티나를 가르쳐 주지 않았습니다. 나는 음계와 타브 코드만 주야장천 연습하다가 나가뻘어졌습니다. 게다가 내 손가락은 존 윌리엄스처럼 부드럽지도 않았고 내 눈은 타브를 한눈에 인식하지도 못했으며, 내 머리는 악보 여덟 마디 이상을 외우지 못했습니다. 그렇습니다. 속된 말로 나란 인간은 음악 분야에는 젬병이었습니다. 이를테면, 스케치북에 졸라맨 조차도 못 그리는 사람들이 있지요? 음악 쪽으로 그런 부류였습니다.

그럼에도 나는 「카바티나」를 너무 치고 싶었습니다. 이 선율을 내가 켜지 않으면 안 될 것 같은 강박이 저를 휘감았습니다. 섬망증처럼 집착했으니까요. 지금 생각하면 어처구니없는 허영이었지만, 아무튼, 그때는 그랬습니다. (왜 그랬을까요? 참.)

클래식 기타의 대체재를 찾았고 그렇게 내 눈에 들어온 것이 우쿨렐레였습니다. 우쿨렐레는 현도 4개뿐이었고 크기도 작았으며 강습료도 저렴했습니다. 꽃을 꽂은 밀집 페도라도 쓸 수도 있었고요. 나처럼 덩치 큰 사내가 조그만 나무 울림통을 가슴에 품고 띠링띠링 연주하는 것도 나쁘지 않아 보였습니다. 그리고 가장 중요한 것은! 우쿨렐레로도

「카바티나」를 연주할 수 있다는 것!

　　우쿨렐레라면 잘 다룰 수 있을 것 같았습니다. 흥, 나는 클래식 기타도 다룬 몸인걸. (클래식 기타? 고작 두 달 배웠으면서?) 마침, 소설 계약금이 들어왔기에 홍대 악기사에 가서 우쿨렐레계의 프린스라고 불리는, 하와이산 코아나무로 만든 마틴사의 것으로 질렀습니다. (엄청 비쌌습니다. 사장님이 예약한 구매자가 잠적해서 싸게 판다고 꼬드기는 바람에) 그것도 소프라노나 콘서트 형이 아닌 테너 형으로요. 교보에 가서 일주일만 한 하면 이스라엘 카마카위올레*처럼 친다는 광고문구가 붙은 교재도 샀습니다. 웹사이트 우쿨스코어에 가입해서 악보도 내려받았고요. 그리고 연습 시작. 띵가띵가. 띠로옹, 띠롱.

　　클래식 기타보다는 다루기가 쉬웠습니다. 주법이 달랐지만 클래식 기타를 쳐보았다는 근자감(?)에 저는 마구 돌진할 수 있었습니다. 그리고 보면 나는 우쿨렐레를 참으로 우습게 보고 있었습니다. 각고의 연습 끝에 두 주 만에 「카바

---

　*　　이즈라엘 카마아퀴올레 · Israel Kaꞵanoꞵi Kamakawiwoꞵole (1959~1997) 하와이 우쿨렐레 연주자

티나」를 연주할 수 있게 되었습니다. 외워서요? 아뇨. 악보를 보고서 말이지요. 외워야 할까? 외워야 폼이 나겠지? 그럼 외우자. 외우는데 또 두 주 일쯤 걸렸습니다. 합이 한 달. 띄엄띄엄 연주하는 수준이었지만 내 귀에 소리는 소울을 듬뿍 담은 매끄러운 연주로 들렸습니다. 나한테 우쿨렐레에 천재적 소질이 있었던 건가? 존 윌리엄스와 커플링 연주를 해야 하나, 고민까지 했다니까요. 띵가띵가 띠디딩.

'아, 나는 이제 「카바티나」의 달인이 되었다. 누가 뭐래도 나의 취미는 이제 우쿨렐레!'

평생 카바티나 하나만 연주하면 된다고 생각했지만 욕심이 생겼습니다. 다른 거 하나 더 외워보자. 뭐가 좋을까? 그래서 그거야. 두 번째 곡으로 선택한 것은 최백호의 「낭만에 대하여」였습니다. 언젠가 최백호 선생님이 '보이는 라디오'에서 지판 위로 기타 줄을 고통스레 비비며 노래하는 걸 보았는데 맙소사, 탱고 풍의 박자가 밀리고 오르내리는, 처량하고 간드러진 신파음이 이루 말할 수 없이 매력적이었거든요.

「낭만에 대하여」를 집중적(?)으로 연습했습니다. 천재 우쿨렐레 연주자답게 두 주쯤 지나니 또 최백호와 커플링을 해야 하나 고민할 정도로 연주할 수 있게 되었습니다. 으하하. 이쯤이면 하와이에서 콘서트를 열어야 하는 거 아닐까? 그보다 먼저 해야 할 일이 있었지요. 우쿨렐레를 작업실에 비치해 두고 손님을 초대해서 연주해 봐야지. 두 곡이면 충분하지 않겠어? 먼저 「카바티나」의 애잔한 선율을 먼저 들려주고, 앙코르가 나오면 못 이기는 척하고 「낭만에 대하여」를 연주해야지. 엔딩에서 트레몰로 주법을 써서 손님들의 심금을 녹여버리자.

우쿨렐레와 받침대를 작업실로 가지고 갔습니다. 어? 이거 뭐지? 내 방에서만 연습하다가 환경이 달라지니 살짝 낯설었습니다. (아시죠? 초보의 첫 번째 특징. 집에서는 잘했는데 나가면 안 되는 것!) 마인드 컨트롤을 시작했습니다. 이제 문을 열고 손님들이 들어온다. 그들을 이쪽에 앉히고 나는 여기 이 자리에 앉아서…… 그리고 소파에 앉아 「카바티나」부터 연주해 보았죠. 어랏. 계속 이상했습니다. 「카바티나」가 하나도 생각나지 않는 것이었습니다. 아무리 애를 써도 연단 앞에 선 조지 6세처럼 머릿속이 캄캄해지고 멍해질 뿐입니다. 한참 만에 (손이 기억하는) 첫 소절은 연주할 수 있었지만, 여덟 마디 이후는 전혀 연주할 수 없었습니다. 「낭만에 대하여」를 연습하는 동안 「카바티나」를 홀라당 까먹어버리고 말았던 겁니다. 후후.

이유는 분명했습니다. 시험이 끝난 후 전날 공부한 것이 싹 달아나는 신비한 마법 같은 경험 다들 해 보셨을 겁니다. 그 비슷한 과정이 내 머리에서 일어났던 것입니다. 물론 악기 연주에 꽝이었던 나의 음악적 DNA도 크게 한몫했고요.

그렇게 해서 그 겨울 몇 달간의 저의 각고하고 허영에 찬 취미활동은 끝났습니다. 어디서 읽었는지 기억나지 않지만, 소설가 공지영은 이렇게 말했죠. "슬퍼하는 것도 기뻐하는 것도 죄스러워지는 젊은 날을 보냈다." 그 겨울, 나 또한 그랬습니다. 악기에 대한 예의도 없는 나 같은 사람은 평생 연주 따위는 하지 말아야 합니다. 이후 저는 취미를 가지고 있지 않습니다. 악기들은 어쨌냐고요? 클래식 기타는 중고나라에 팔았고요, 마틴 우쿨렐레는 첫째 아이가 학교 방과 후 수업 때 친구들이랑 칼싸움하다가 빠개(?)버리고 말았습니다. 그 비싼 우쿨렐레를 아내나 저 모르게 학교에 들고 갔더라고요. 아빠는 아내 모르게 비싼 악기를 덥석 사고, 아들은 아빠 모르게 망가뜨려 오고. 어찌 됐든 제대로 간수 못 한 내 잘못이죠.

『디어 헌터』는 베트남 전쟁에 참여하는 청년들의 이야기입니다. 사냥총을 들고 겨울 로키산맥을 오르는 젊은이들. 스코프로 조준해 당기면 여지없이 거품을 물며 쓰러지는 건강한 사슴이 당시 이데올로기와 애국적 국가주의에 여지없이 희생되는 청년의 모습이 크게 다르지 않습니다.

사슴사냥이 끝난 닉, 존, 스티브, 스탠, 마이클은 텅 빈 펍으로 들어옵니다. 그들은 맥주 캔을 따서 서로에게 뿌려 댑니다. 여느 천진한 젊은이처럼 웃고 밀치고 당구대에 눕고 낄낄거립니다. 어디선가 슬픈 선율이 퍼지자 난리를 치던 그들이 조용해집니다. 존이 피아노에 앉아 곡을 연주하고 있습니다. 쇼팽의 녹턴 OP. 15-3. 친구들의 눈이 그윽해지고 낮게 깔립니다. 그날은 닉과 스티븐, 마이클이 베트남으로 떠나기 전날이었습니다, 청춘들은 어두운 운명 속에서 한 줄기 빛을 찾으려는 듯 선율을 가만히 듣고 있습니다.

녹턴은 밤의 음악입니다. 야상곡이라고도 하고 밤의 기도 음악이라고도 합니다. 쇼팽 외에도 존 필드의 녹턴도 존재합니다. 영화 『디어헌터』의 삽입곡 「카바티나」는 워낙 유명한 곡이니 오늘은 쇼팽의 녹턴을 들어보세요. 꼭 밤일 필요는 없습니다. 낮이어도 좋습니다. 비 오는 오후, 잔뜩 흐린 겨울 아침, 소나기가 내리는 정오. 단 해가 비치는 낮은 피하세요. 녹턴은 밤의 음악이니까요. 녹턴은 루빈스타인**이나 아슈케나지*** 연주가 유명하지만, 개인적으로 이반 모

라베츠****가 1966년 커너셔 소사이어티에서 녹음한 녹턴을 좋아합니다. 아라우의 녹턴 연주도 물론 사랑하고요.

**** 이반 모라베츠 · Ivan, Moravec (1930~2015) 체코 피아니스트.

IV. Adagio tranquillo

4악장. 천천히, 차분하게

겨울, 그 깊은 우울의 나날

     묘한 우울증이 하나 있습니다. SAD(seasonal affective disorder)라고 하는 계절성 우울증입니다. 봄, 여름, 초가을까지는 집 나간 병아리처럼 마구 설레지만, 겨울만 오면 바윗돌 아래에서 꼼짝도 하지 않는 거북이처럼 바보가 됩니다. 구체적으로 언제냐고요? '겨울이 오면'이라는 말의 적확한 시점은 11월부터입니다. 다른 이들은 추적추적 내리는 비에, 우수수 떨어지는 잎들에, 커피 향 위로 보이는 감푸른빛 또는 회색빛 하늘 아래에서 한껏 가을을 즐기지만 나는 그것들이 은근히 혐오스럽습니다. 11월이 되면 꾸역꾸역 작업실 바닥에 담요를 깔고 동면을 준비하며 홀로 몸서리 칠 준비를 합니다.

　가을을 사랑하지만 한 번도 즐긴 적은 없습니다. 가을 내내 '다가오는 겨울을 또 어떻게 보내야 할까?' 하는 걱정에 휩싸여야 했으니까요. 그렇다고 제가 괴팍한 성정을 가졌거나 은둔하는 외톨이는 아닙니다(남들만큼 흥겹고 활달하고 재치도 있다고요). 하지만 겨울 우울증에는 누구보다 험악해집니다. 속수무책이랄까요.

　생각해 보았습니다. 나는 왜 그토록 겨울을 싫어할까, 어쩌다가 그저 '겨울이 별로다'에서 더 나아가 SAD라는 계절성 우울증으로까지 전이된 것일까? 겨울마다 좋지 않은 일이 있어서였을까? 아버지의 부도로 가족이 뿔뿔이 흩어졌을 때도 겨울이었고, 여자 친구가 다른 남자를 따라 서울로 시집간 것도 겨울이었고, 그 모질다는 해병대에 입소해서 폐렴이 걸린 것도 겨울이었으며, 둘도 없던 친구가 교통사고로 사라진 날도 겨울이었습니다. 겨울은 시련과 아픔만 준 계절이 분명합니다.

　하나, 좋은 일이 있기도 했는데요? 아들이 태어난 것

도, 사랑하는 사람과 결혼식을 올린 것도, 장편소설이 영화사에 팔린 것도, 로또 4등(5만 원이었습니다)에 당첨된 것도 겨울이었습니다.

아무튼 겨울은 지금도 힘듭니다. 삶에 봄과 여름, 초가을만 있을 수는 없는 법. 그래서 결심했습니다. 가을부터 불길한 징조를 느끼고 겨울마다 모진 우울의 늪에 빠져야 한다면 차라리 즐기는 게 좋지 않을까? 그래. 그러자. 겨울의 고통을 즐겨버리자!

말과 단어가 있다는 것은 현상이 존재하지요. '즐긴다'라는 단어도 여러 현상이 존재합니다. 어떻게 즐길까를 고민했습니다. 스키를 탈까? 서브 퀘가 많은 자유도 높은 게임에 빠질까? 아니면 해마다 리스로 자동차를 바꿀까? 전부 아니라고 판단했습니다. '우울을 즐긴다'는 것은 사뭇 어느 곳으로 깊숙하게 추락함을 뜻합니다. 스키나 게임 같은, 기운이 차오르는 즐거움을 생각해서는 안 되는 것이지요. 그것은 짬뽕 국물에 짜장 소스를 섞는 것과 같습니다. 나에게 겨울은 원래부터 '비통한 것'이라야 했습니다. 나락 끝까지

147

가는 우울이여야만 '즐긴다'는 의미가 성립했으니까요. 그래서 차이콥스키를 선택했습니다. 차이콥스키와 함께라면 겨울마다 찾아오는 '우울적 고통'을 뼛속까지 즐길 수 있다고 판단한 것입니다.

표트르 일리치 차이콥스키, 이 사람을 한마디로 어떻게 설명해야 할까요. 오직 비통(悲痛)입니다. 비통이란 슬퍼서 마음이 아프다는 뜻입니다. 비통한 이유가 있을까요? 있을 수도 있고 없을 수도 있습니다. 가장 비통스러운 것은 이유가 없을 때입니다.

그에게는 평생 잊지 못할 여인이 있었습니다. 폰 메크 부인. 후원자였습니다. 아홉 살 연상의 이 돈 많은 미망인은 매달 차이콥스키에게 고액의 돈을 부쳤습니다. 그녀의 조건은 단 하나, '절대로 만나지 않는 것!'이었습니다. 아주 미묘하고 매력적인 제안이었죠. 차이콥스키는 그녀의 지원 덕분에 작곡에만 몰두할 수 있었습니다. 그 시기에 교향곡 5번 등 대표곡들을 작곡했으니까요. 13년 동안 두 사람은 단 한 번도 만나지 않은 채 오직 편지만 주고받았습니다. 무려

1,200통이나요. 그는 진심 어린 우정으로 그녀를 섬겼습니다. 그녀도 그의 성장을 지켜보며 행복해했습니다.

그러던 어느 날 그녀는 이유 없이 편지와 돈을 뚝 끊게 됩니다. 그저 파산했다는 말이 전부였습니다. 그즈음 차이콥스키는 명사가 되었기에 경제적으로 윤택한 시점이었습니다. 돈이 끊긴 것에는 아쉬움이 없었으나 그녀의 편지를 더는 받을 수 없다는 사실에 몹시 절망했지요. 이후 차이콥스키는 깊은 우울의 나날을 보냈습니다.

3년 후인 1893년 10월, 차이콥스키는 역사적인 교향곡 6번, 「비창. Pathetique」을 초연합니다. 그리고 열흘 뒤 죽어버립니다. 여기서 제가 '죽어버린다'라고 표현한 것은 건강했던 그가 의아하다고 할 만큼 갑작스럽게 사망했기 때문입니다. 마치 스스로 버린 것처럼 말이지요. 그의 죽음에 여러 가지 설이 있습니다. 누구는 초연에 실패한 나머지 그의 기력이 급속도로 나빠졌다고도 하고, 또 누구는 동성애의 추문을 피하려 자살했다고도 합니다. 콜레라에 걸려 병사했다, 독살당했다 등등의 말도 있습니다. 죽음의 진위는 분분합니다. 다만 중요한 것은 그가 내던지듯 죽었다는 것입니다.

'예술이 어찌 슬프지 않을 수 있는가.' 차이콥스키 작품에 깔린 기본적 테마는 그러한 비통, 즉 슬퍼서 마음이 아픈 상태에 있습니다. 세상에서 가장 비통한 자, 차이콥스키의 교향곡 6번 역시 비통의 음악입니다. 자신의 예술을 알아주지 않는 사람들, 자신의 취향을 혐오하는 사람들, 천성적으로 지닌 연약함을 할퀴는 수많은 말들. 고독, 그리움. 그런 것들이 그의 비통을 만들어냈습니다. 그는 차가운 러시아의 겨울을 사랑했습니다. 겨울 속에 묻어 있는 시린 것, 묻어 있는 우울을 모조리 긁어내 자기 작품들에 옮겼습니다. 그중 최고의 완성작이 바로 「비창」 교향곡입니다. 혹자는 이 작품이 우주의 이치를 가늠한 베토벤의 교향곡들보다 더 위대하다고 말하기도 합니다. 이 곡은 차이콥스키의 마지막 작품이어서 유서의 의미도 있기 때문입니다.

1악장의 서주와 비감한 현악기의 심금을 울리는 선율, 강렬한 금관 악기의 팡파르가 듣는 이를 섬뜩하게 합니다.

2악장의 바이올린과 첼로의 결렬하고 서글픈 선율들은 왜 이 곡의 제목이 「비창」인지 여실하게 드러냅니다. 그리고 듣고만 있어도 눈물이 줄줄 흐르는, 더는 설명할 길이 없는 4악장. '그래. 이거라면 겨울을 즐길 수 있을 것 같아.' '4악장보다 슬픈 선율은 세상에는 없다.' 탄식이 절로 나옵니다.

다만 의아한 것은 3악장입니다. 3악장은 춤곡 형식의 타란텔라* 주제인데요, 장난스럽고 씩씩한 선율은 마치 갓 구운 빵을 은쟁반에 담고 무도회장으로 옮기는 듯한 느낌이 배어 있습니다. 아마도 이 3악장을 만들면서 차이콥스키는 폰 메크 부인을 떠올렸을 것입니다. 한 번도 본 적 없지만 (둘은 우연히 멀리서 한 번은 만났다고 합니다) 그가 오롯이 마음을 연 존재, 그래서 그의 마음에 한 줄기 빛이 된 여인의 표상을 비통의 한켠에 고이 간직해 두었습니다.

그제, 한파가 몰아치던 크리스마스 이브날, 홀로 작업실에 틀어박혀 「비창」을 틀어놓고 눈물을 뚝뚝 떨구다 3악장을 듣는 순간, 아, 하고 깨달았습니다. 그가 차가운 겨울을

*   tarantella 이탈리아 무곡

견딜 수 있는 촛불 같은 의지를 3악장 속에 숨겨놓았다는 것을요. 겨울은 다시 태어나기 위해 생명이 숨죽이는 계절입니다. 어두운 굴속에서 체력을 키우고, 상처를 가다듬고, 다시 나아갈 길을 모색하고, 봄을 위해 스스로 어루만지는 계절입니다. 거기에 환희나 설렘이나 기쁨은 있을 수 없습니다. 겨울은 원래 그렇습니다. 겨울은 원래 비통한 것입니다. 여러분도 겨울이 춥고 쓰리다면 충분히 비통해하십시오, 이유를 따져서 뭐 하겠습니까. 하나, 작은 촛불 하나는 남겨두십시오. 슬픔에 잠식되어 있다면, 한 번 주변을 둘러보세요. 폰 메크 같은 인연이 한 명쯤은 있을 겁니다. 세상에서 가장 외로운 자, 차이콥스키도 있었으니까요.

그 유대인 장교처럼

"뭘 하고 있지?"

"까, 깡통을 따려고."

"여기 사나?"

"……아닙니다."

"무슨 일을 하나?"

"……저는 피아니스트였습니다."

1939년 폴란드 바르샤바. 독일군의 눈을 피해 오랜 시간 게토에서 탈출한 한 유대인은 이리저리 몸을 숨길 은신처를 찾던 중 어느 낡은 건물로 들어갑니다. 비척비척 내부를 둘러본 유대인은 당분간 이곳에서 지내야겠다고 생각합니다. 그리고 품에서 아껴둔 통조림을 꺼냅니다. 통조림을 따기 위해 힘없는 손으로 내리치는 순간 통조림은 데구루루, 굴러갑니다. 그 시선을 따라 올라가면 저쪽에 난데없이 독일군 장교가 서 있습니다. 사실 그 폐건물은 독일군의 임시 작전기지가 될 건물이었습니다. 게토에 있어야 할 유대인이 떠돌다가 독일군 장교와 딱 맞닥뜨리게 된 것이지요. 장교는 차가운 눈으로 그를 뚫어지게 바라봅니다.

유대인의 이름은 스필만이었습니다. 한동안 그를 바라보던 장교는 이윽고 따라오라고 합니다. 스필만은 다리가 후들거립니다. 이제 죽어야 할 시간이 온 것이지요. 따라가면 독일군 장교는 루거를 뽑아 들고 관자놀이에 댈 것입니다. 차가운 총구가 닿으면 그는 이 미련 가득하고 역겨움도 가득한 세상과 이별할 것입니다. 스필만은 장교를 따라 옆방으로 갑니다. 그런데 맙소사. 그 방에는 낡은 피아노가 있습니다. 독일군 장교는 피아노를 가리킵니다.

"연주해."

스필만은 피아노 뚜껑을 열고 의자에 앉습니다. 장교는 장교모를 피아노 위에 올려두고 기대듯 서서 스필만을 바라봅니다. 냉기 서린 푸른 밤. 피아노 앞에 앉은 스필만은 긴장합니다. 벌레만도 못한 유대인은 알 수 없는 생사에 놓여 있습니다. 그는 언 두 손을 두렵게 부여잡은 채 크게 숨을 내쉽니다. 숨어지내느라 오랫동안 만지지 못한 피아노였습니다. 영화는 스필만의 코에서 뿜어 나오는 숨이 차가운 공기와 맞닿아 하얗게 서리는 것을 보여줍니다. 떨고 있는 그의 감정이겠지요. 낡은 건물 속, 피아노를 두고 함께 있는 두 사람을 과연 그 어떤 것이 녹일 수 있을까요.

스필만은 기억을 더듬으며 건반을 두들깁니다. 간혹 멈추듯 머뭇거립니다. 두 손에 고인 예술가의 감각이 점점 온연히 살아 오릅니다. 어느새 유려하게 퍼지는 선율들. 저 승사자처럼 서 있던 독일군 장교는 몸을 움직여 떨어진 의자에 앉습니다. 그는 본격적으로 느낍니다. 곧 스필만의 손은 옛 기억을 완전히 되찾았습니다. 손이 빨라집니다. 푸른색 냉기가 에인 건물 안은 깊고 굴곡진 G단조의 선율이 가득 펴집니다. 스필만의 콧숨은 이제 두려움이 사라지고 오직 흥분과 열정만이 섞여 있습니다. 쾅. 마지막 건반을 누르고 격한 감정을 추스르는 음악가. 그를 바라보는 독일군 장교의 눈빛은 달라져 있습니다.

영화『피아니스트』는 폴란드 출신의 유대인 피아니스트 블라디슬라프 스필만(1911년~2000년)이 겪은 실화를 영화로 꾸민 것입니다. 저는 이 영화를 보면서 아, 클래식은 이렇게 들어야 하는구나, 싶었습니다. 소파에 앉아 따뜻한 커피를 손안에 감싼 채 음악의 바다에 고요히 빠지는 것도 좋겠지만, 몸을 차갑게 하고, 불안하고 긴장한 가운데 오직 귀만 열어 음률에 집중하는 것이라면 더욱 음악을 체감할 수 있다는 것을요. 눈을 감고, 온몸의 신경을 가득 세우고 선율들을 따라가 보는 것은 어쩌면 禪을 찾는 그것과 비슷할지도 모르겠습니다.

禪까지는 너무 갔네요. 아니 아니, 절대로 그럴 필요가 없습니다. 저 독일군과 유대인처럼 콧숨이 슉슉 나오는 차가운 공간이 아니어도 좋습니다. 따뜻하고 평화로운 혼자만의 공간을 찾아서 눈을 감고 피아노 선율을 따라가 보십시오. 나는 클래식 음악을 '고상하다'라는 틀에 가두어 사용하는 것을 못마땅하게 생각합니다. 클래식 음악은 특정 부류가 듣는 음악이 아닙니다. 돈 많은 자가 비싼 진공관 앰프로도 들을 수 있고, 가난한 자가 낡은 고무줄 둘둘 묶은 손 라디오로도 들을 수 있으며, 젊은이가 이어폰으로도, 어린이가 음악실에서도 들을 수 있습니다. 클래식이 다른 음악과 다른 점은 들을 때마다 상념을 다르게 가질 수 있다는 것입니다. 작곡가나 연주자가 누구이고, 음악의 구성이 어떻게 되는지 굳이 알지 못해도 됩니다. 각자가 알아서 들으면 됩니다. 지루해지면 듣기를 그만두어도 되는 것이 클래식 음악 감상법입니다. 단, 하나 팁을 드리자면요, 겨울이 클래식을 감상하기에 참 좋은 계절이라는 것만 말씀드리지요. 어떤 이는 "겨울이라니, 말도 안 돼. 클래식의 계절은 단연코 가을이지." 라고도 하는데요, 물론 그 말도 동감합니다. 다만 가을에 퍼지는 클래식이란 시선이 닿는 곳마다 아름답고 너무도 황홀해서 좀처럼 음악이 귀에 들어오지 않을 수 있습니다. (그 아름다운 가을을 온 감각을 열어놓고 감상해야 하지 않을까요?) 캄캄한 겨울밤이라면 어때요, 깊은 음악의 바다에 오롯이 빠져들기에 적당하지요.

자, 쇼팽의 발라드 1번부터 시작하겠습니다.

덧붙일까요?

영화 『피아니스트』의 명장면에 흐르는 곡이 바로 쇼팽의 발라드 1번입니다. 발라드(Ballade)라는 장르는 원래 12세기 유럽에서 유행한 춤곡이었습니다. 춤춘다는 뜻의 라틴어가 단어의 근원입니다. 쇼팽은 4개의 발라드 중 첫 번째 발라드를 1832년에 작곡했습니다.

당시는 살롱음악이 유행했던 시기였습니다. 프랑스 혁명 이후 부르주아와 교육받은 시민계급이 자신들의 공간을 만들었는데 그것을 살롱(Salon)이라고 부릅니다. 그 살롱에는 음악가들이 초청되어 그들을 위해 연주했는데 주로 작은 공간에서 편하게 들을 수 있는 소품 음악이었습니다. 그

것이 살롱음악입니다. 쇼팽도 그런 살롱에 자주 초청되었습니다. 그리고 거기서 잊을 수 없는 애인인 조르주 상드를 만났습니다. 쇼팽은 살롱음악을 위해 4개의 발라드를 작곡했습니다. 1836년에 4개의 발라드를 출판했고 제목은 「가사가 없는 발라드(Ballade ohne Worte)」였습니다. 영화 『피아니스트』는 실화를 바탕으로 했고 스필만이 그 장교에게 연주했던 곡은 녹턴이었다고 합니다. 독일이 패망한 후 스필만은 줄곧 그 독일군 장교를 찾았지만 결국 찾을 수 없었습니다. 장교 이름은 빌헬름 호젠벨트. 그는 1952년 수용소에서 죽었다고 합니다.

얼음 같은 새벽,
로쿠스아모에누스를 향해

　자판을 움직이던 손을 뚝 멈추고 고개를 들어 벽에 걸린 시계를 봅니다. 새벽, 4시. 벌써? 마음이 바빠집니다. 그만 일어날까, 그래, 여기까지만 하자. 글은 나중에도 쓸 수 있지만 '그것'만은 이 시간이 아니면 절대로 안 되기 때문입니다. '그것'이 무엇이냐고요? 이따가 말씀드리죠.

　책상 아래 발난로를 끄고 일어납니다. 기지개를 켜고 텅 빈 작업실을 둘러봅니다. 지난밤의 흔적들이 보입니다. 윙윙 돌아가는 히터 소리, 탁한 공기, 여섯 시간 전에 내린 차가워진 커피, 젓가락 꽂힌 컵라면, 말라비틀어진 과자, 찌

그려진 에너지 음료 캔, 동료 작가가 풀어놓은 귤 봉지.

목도리를 두르고 스마트폰 앱을 보면서 첫차가 오는 시간에 맞춰 나갑니다. 음, 하. 새벽 공기를 들이마십니다. 얼음을 들이켜는 느낌의 쨍함. 해가 뜨려면 한참 멀었습니다. 세상을 괴롭히는 악마도 잠든 시간 같습니다. 겨울 새벽 4시는 참말로 그런 시간이지요. 이 적막이 좋습니다. 작업실 입구 1층 베란다에 고드름이 얼었습니다. 투명한 얼음 한 조각을 떼어서 아무도 없는 거리에 던져봅니다.

'이히, 밤새는 기분이 바로 이것이지.'

'그것'에 관해 말할 때가 되었군요. 그 두붓집은 새벽에 두부를 내립니다. 작업실 앞 정류장에서 버스를 타고 열두 정거장만 지나면 그곳에 이를 수 있습니다. 그곳이 이렇게 나를 설레게 하는 이유는 맛도 맛이지만 사람이 없다는 것입니다. 신선한 두부의 고소한 냄새가 가게 앞 거리까지 풀풀 퍼지는데 막상 가보면 사람이 없습니다. 아, 다시 말해야겠습니다. 이 시간(새벽 4시)에 사람이 없다는 말입니다. 그곳은 꽤 소문난 맛집입니다. 낮에는 엄두를 못 냅니다. 이 새벽, 나는 순두부에 소주 반병을 먹기 위해 서두르고 있습니다. 주인만 분주한 텅 빈 가게에 홀로 앉아 펄펄 끓는 순두부에 소주 한 병, 맛깔난 오징어젓갈로 밤새 떨어진 당을 채울 생각입니다. 저도 모르게 어깨가 움찔거립니다.

버스가 왔습니다. 올라탑니다. 손님은 나뿐입니다. 기사 아저씨는 바로 출발하지 않습니다. 그는 누군가에게 지갑이라도 털린 사람처럼 표정 없이 앞만 보고 있습니다. 커다란 핸들을 잡은 손을 까닥거리면서. 슝슝, 차 없는 도로를 너무 달려온 탓인지 이 정류장에서는 여유를 부리며 배차 간격을 맞추려는 것 같습니다. 이윽고 버스가 출발합니다. 통의동 사거리를 지나고 막히지 않는 검은 도로를 질주합니다.

나는 차창으로 보이는 어둠을 하나하나 살핍니다. 머릿속은 내 몸을 녹여줄 뜨끈하고 부드러운 순두부 향에 취해있습니다.

그때. 기리릭, 기묘한 소리가 나며 몸이 순식간에 앞으로 쏠렸습니다. 버스가 급정거한 것입니다. 도롯가 한가운

데 선 버스는 몇 번이나 부릉부릉, 방귀를 뀌며 흔들거리다 결국 무언가가 풀리는 맥 빠진 소리를 내더니 진동이 멈추고 맙니다. 기사는 고개도 돌리지 않고 말했습니다.

"손님, 다음 버스를 타셔야겠는데."

"내리라고요?"

대수롭지 않은 일이라는 듯 기사의 등은 아무 대답도 하지 않았습니다. 얼떨결에 내리면서 무언가 잘못되고 있다고 느꼈습니다. 버스도 갓길에 멈추었고 나도 갓길에 멈춰 서 있습니다. 낯선 유럽의 뒷골목에 버려진 기분이 들었습니다. 장갑을 벗고 스마트폰 앱을 확인합니다. 다음 버스는 25분이나 기다려야 옵니다. 매서운 칼바람이 불었고 씽씽 지나가는 택시가 마치 나를 조롱하는 것 같습니다.

걸어서 가기로 했습니다. 먼 거리다. 걸으면 먼 거리다. 하지만 걷자. 걸어야 한다. 일주일 전 내린 눈 때문인지 거리는 얼음 결정들이 가득 뿌려져 있습니다. 풀풀 콧김을 내뿜으며 걷습니다. 바람이 매섭고 쓸쓸함이 깊어 갑니다. 마치 나그네가 된 것 같습니다. 나그네? 겨울밤 순두부를 먹으러 걷는 나그네? 그러면 나는 겨울 나그네? 슈베르트?

　'바로 지금이다. 그것을 들을 때는.'

　나는 무선 이어폰을 귀에 꽂습니다. 스마트폰에는 다운로드 해 놓은 게 있었습니다. 디스카우의 것은 아니고 마티아스 괴르네*의 것입니다. 저장된 플레이 리스트를 찾아내 버튼을 누릅니다. 귓가로 괴르네가 부르는 슈베르트의 「겨울 나그네」가 흐릅니다. 나는 느슨해진 목도리를 여미고 적막한 겨울밤 거리를 걷기 시작합니다.

　연가곡, 즉 24개의 연결된 가곡인 「겨울 나그네」는 실연당한 남자가 겨울밤에 정처 없이 걷는 이야기입니다. 서사의 흐름, 즉 줄거리는 잘 느껴지지 않습니다. 그저 연인의 집에서 나온 나그네가 걸으며 절망스러운 감정을 말하고 있습니다. 곡들은 애절하고 서글프고 암울하고 적막하고 외롭습니다. 겨울밤에 들판을 홀로 걷는 자. 그것도 실연당한 자의 감정을 모조리 늘어놓았습니다. 세상에 이렇게 외로운 노래가 또 있을까요? 과감하게 말씀드리자면 없습니다. 「겨

---

*　마이타스 괴르네 · Matthias Goerne (1967~현재) 독일의 성악가. 바리톤.

울 나그네」는 인간이 만든 가장 외로운 노래라고 함부로 말할 수 있습니다. 겨울밤 실연하고 혼자 걷는 남자만큼 외로운 존재는 단연코 없습니다. 겨울 나그네의 제1곡은 「안녕히 주무세요」 입니다.

사랑은 방랑을 부른다.
잠든 그대를 방해하지 않고 나는 떠나야 하는군.
사랑하는 이의 문 앞에서 이별을 고하고 방랑의 길을 떠나리라⋯

낡고 좁은 오두막 안. 사내는 멀찍이 서서 여인의 방문이 열리기를 기다립니다. 여인은 그를 만나지 않은 채 방에 들어가 문을 닫은 모양입니다. 조용한 것을 보니 잠이 들었나 봅니다. 아니 잠든 척을 한 것은 아닐까요. 우두커니 서서 모자를 만지는 그는 언제 떠날지 고민하다가 결심합니다. 사내는 저 문 너머 여인과 더는 사랑할 수 없음을 알고 있습니다. 오두막 안에는 여인의 늙은 어미도 있습니다. 노파의 구슬림도 딸의 마음을 돌릴 수 없습니다. 그 오두막은 여인과 노파의 집이 아니라 사내와 여인이 살았던 신혼집이었을

지도 모르겠습니다. 사내가 떠나야 할 시간이 왔습니다. 사내는 창으로 눈을 돌립니다. 창밖으로 하얗게 눈 덮인 잔디를 한참 바라보던 그는 이윽고 집을 나갑니다.

서글픈 피아노 반주는 머뭇거리는 사내의 슬픔을 여백으로 설명합니다. 그의 마음을 어루만지는 듯하다가 냅다 놀리는 것 같기도 합니다. '거봐, 내가 이럴 줄 알았어. 그 여자는 너를 사랑하지 않았어. 그런데 너는 막연하게 잘 되기만 바랐지. 이제 알겠어? 미래를 낙관하는 것은 어리석은 짓이라는 걸. 어쨌든 넌 슬퍼. 그렇지? 나도 그래. 우린 이제 외로울 거야.'

조지훈 시인이 말했던가요, "남자에게 여자는 기쁨 아니면 슬픔"이라고. 남자에게만이겠습니까, 여자에게 남자도 그렇지요. 사랑을 얻지 못하는 슬픔이라면 당연히 방랑해야 합니다. 우리도 사랑이 떠나면 방황해야 합니다. 막 실연한 사람에게 정신 똑바로 차리라고 조언하는 것은 너무도 가혹한 말입니다. 주변에 실연으로 힘든 분이 있다면 그가 방황하게 놓아두어야 합니다.

방랑자의 이야기를 조금 더 하겠습니다. 사랑한 여인은 차갑게 식었고 그는 이제 밖으로 내몰렸습니다. 방랑은 그의 자의가 아닐 것입니다. 방랑은 운명입니다. 눈밭을 걸으며 멀어지다 잠시 돌아보니 떠나온 집 지붕의 풍향기가 바람에 뱅그르르 돌고 있습니다. 그렇게 1곡이 끝납니다. 2곡부터는 그의 정처 없음을 노래합니다. 24개의 곡 중 다섯 번째 곡은 바로 그 유명한 「보리수」입니다.

성문 앞 우물 곁에 서 있는 보리수,

나는 그늘에서 많은 달콤한 꿈을 보았어.

단단한 가지의 사랑의 말 새기어 놓고서.

기쁠 때나 슬플 때나 나는 그대를 찾았었지.

사내는 걸으면서 두 사람의 행복했던 추억을 떠올립니다. 안온한 감정이 휘감아 돌고 어느새 처연함도 잊었습니다. 하나 사내는 들뜹니다. 저 언덕을 넘으면 보리수가 있던, 두 사람이 행복한 시간을 보냈던 장소를 지나기 때문이지요. 눈벌판, 깜깜한 이 밤에 연인과 추억이 깃든 곳을 지나는 동안 사내는 눈을 감아 버립니다. 눈 감고 있으니 다시 아름다운 날들이 피어오릅니다. 어디선가 연인이 사내를 부르는 것만 같습니다. 순간, 칼바람이 불었고 모자가 날아가려 했기에 사내는 모자를 부여잡고 눈을 부릅뜹니다. 사내는 현실을 직시합니다. 아. 여기서 이런 가혹함이라니요.「겨울 나그네」는 이런 점에서 너무도 얼음 같은 곡입니다. 나그네는 부지런히 움직여야 합니다. 지금은 그녀와 보리수 아래에서 안식을 얻던 그 시절이 아니라 거친 들판을 향해 길을 떠나는 중이니까요.

총 24개의 노래(Lied)로 구성된「겨울 나그네」는 슈베르트가 발표할 당시의 제목은「겨울 여행(Winterreise)」이었습니다. 하나 원작자인 빌헬름 뮐러(Wilhelm Muller)의 시 제목은「나그네의 노래(Wanderlieder)」입니다. 두 제목은 엄연히 다릅니다. 아마도 우리나라에서는 두 개를 합쳐서「겨울 나그네」로 알려진 것 같습니다. 더 재미있는 것은 시인 빌헬름 뮐러의 아들이 바로 소설『독일인의 사랑(Deutsche Liebe)』을 쓴 막스 뮐러(Friedrich Max Muller)입니다. 막스 뮐러는 소설가이기 전에 언어학자입니다. 『독일인의 사랑』은 그의 유일한 소설입니다. 저는 「겨울 나그네」라는 제목이 더 좋습니다. 너무도 잘 붙인 제목 같습니다.

이제 멀리 두붓집 간판이 보입니다. 훤한 불빛과 뭉글거리는 연기가 뿜고 있습니다. 귀에서 이어폰을 뽑아냅니다. 「겨울 나그네」는 충분히 즐겼습니다. 잠시 겨울 나그네가 되어 스산한 얼음길을 걸어보았습니다. 이제는 뜨끈하고 부드러운 두부를 입안에 굴리며 추위를 잊을 일만 남았습니다. 움후핫하하.

고대 시인들은 숲이 우거지고 따뜻한 영혼의 안식처를 로쿠스아모에누스(locus amoenus)라고 불렀습니다. 로쿠스 아모에누스를 찾으러 떠나는 자의 고독. 그것은 홀로 작업하고 홀로 새벽길을 걷는 나와 다르지 않습니다. 이 밤 사랑하는 순두부를 먹기 위해, 내 사랑을 찾기 위해 나는 미끄러운 길을 힘차게 걷습니다.

작업실 연가

근 15년 동안 글을 쓰며 살고 있습니다. 그 사이 작업실을 참 많이 옮겼습니다. 누구는 2년에 한 번씩 이사하는 게 지긋지긋해서 '영끌'로 집을 샀다고 한숨을 내쉬지만 저는 작업실이 그렇습니다. 내 소원은 작지만 이사 가지 않을, 나만의 작업실을 마련해 보는 것입니다. 로또가 당첨되지 않은 한 작업실로 쓸만한 건물을 살 일은 없을 것 같고(요즘 로또로 건물을 살 리 만무합니다만), 그렇다면 집에 작업실을 두거나, 월세로 몇 년씩 이곳저곳을 전전하며 살아야 할 팔자입니다.

2007년 심산스쿨에서 여러 사람을 만났습니다. 심산

스쿨은 영화 『비트』, 『태양은 없다』의 시나리오를 쓴 작가 심산 선생님이 개설한 시나리오 학교입니다. 그 시절에 인연을 맺은 몇몇과 공동 작업실을 장만했습니다. 홍대입구역 앞 높은 빌딩의 오피스텔이었습니다. 첫 번째 작업실입니다. 책상 4개. 사람은 6명. 각자 책상을 둘 만한 공간도 처지도 되지 못했습니다. 한 명은 개인 사업, 나머지는 직장에 다니고 있었기에 회사가 끝나면 이곳에 와서 빈 책상에 노트북을 두고 몇 시간 작업하다 돌아가곤 했습니다. 나도 상암동에 회사를 다니고 있었기에 회사가 끝나면 집으로 가지 않고 작업실에 들러 한두 시간을 보내다 집으로 돌아가는 생활을 했습니다. 어쩌다 책상이 만석이면 책상을 차지한 사람들은 늦게 온 사람에게 미안한 웃음을 지었고, 책상을 얻지 못한 사람은 손사래를 치며 홍대 카페로 갔습니다. 우리의 작업실은 높은 층이었는데요, (16층이었던 것 같습니다) 넓은 통창으로 아래를 내려다보면 홍대입구역을 지나는 사람들을 한눈에 볼 수 있었습니다. 창틀에 엉덩이를 걸치고 앉아 넋 놓고 아래를 보고 있으면 한두 시간은 바람처럼 지나갑니다. 보이는 것은 개미처럼 걷는 사람들일 뿐이지만 내 눈에는 그것이 우주처럼 보였습니다. 어디론가 발걸음을 옮기는 사람들마다 각자의 사연을 보유했을 테고, 내 눈에는 수천 개의 소설이 지나가는 것처럼 보였습니다. 홍대 작업실에서의 기억은 글 쓰기보다는 함께 작업실을 쓰던 사람들과 마시고 놀던 시간뿐입니다. 그 시기에 첫 장편소설 『김유신의 머리일까?』가 계약되어 동료들에게 축하를 받기도 했습니다.

그 시절 자주 들었던 음악은 타티아나 니콜라예바의 바흐였습니다. 누군가가 틀어놓은 클래식 FM 채널 '명연주 명음반'에서 정만섭 DJ님이 니콜레예바의 연주를 예찬하는 이야기를 듣고 그런 피아니스트가 있구나, 하고 알게 되었습니다. 음반을 사서, 곁에 두고 듣다보니 니콜라예바의 거침없는 연주에 빠졌습니다. 니콜라예바는 '거침없는'이라는 표현이 딱입니다. 베토벤이나 리스트를 거침없이 연주하는 연주자는 많지만, 바흐를 거침없이 연주하는 연주자는 드뭅니다. 지금도 니콜라예바의 「토카타와 푸가」나

「평균율 클라이비어곡집」 등을 들으면 그 시절 높은 층 작업실 창문으로 사람들이 오가는 홍대 거리를 바라보던 때가 떠오릅니다.

이후 청운동으로 작업실을 옮겼습니다. 작업실 멤버들이 서촌으로 가게 된 것은 저의 제안 때문이었습니다. 나는 오래전부터 경복궁 주변을 사랑해 왔습니다. 상경했을 땐 강남이 서울의 전부인 줄 알았습니다. 졸업 후 첫 직장이 강남에 있었고, 줄곧 강남에서만 지냈기 때문입니다. 어느 날 밤, 압구정에서 술을 먹고 홍은동에 사는 친구 원룸으로 가던 택시 안에서 본 조명을 받은 이순신 장군 동상과 광화문이 제 눈을 번쩍 뜨이게 했습니다. 깊은 밤이었는데 불빛에 감싸여 묘한 질감을 드러내는 그 분위기에 압도당했습니다. '아, 내가 서울을 너무 모르는구나.'라는 생각이 들었고 그때부터 인사동, 대학로, 충무로와 남산, 서대문, 종로, 등을 돌아다니며 진짜 서울을 알기 시작했습니다. 그리고 가장 사랑한 곳은 경복궁 서쪽, 좁은 골목과 집들이 모인 한적한 동네였습니다. 당시만 해도 서촌은 지금처럼 음식점과 카페가 많지 않았습니다.

　인왕산을 박아두고 조선 초기 왕족들이 모여 살던, 또 중인들이 달밤에 모여 시를 읊던 그 오래된 동네는 근대에 들어 인근의 청와대 때문에 개발이 되지 않은 채 촌스럽고 고즈넉한 풍취를 내며 나를 현혹했습니다. 무슨 이유인지 그 오래된 골목이 좋았습니다. 외국에 직장을 두고 있던 애인(지금의 아내)과 만나는 장소도 늘 서촌이었습니다.

　'새 작업실은 서촌으로 옮겨보는 건 어떨까요?'라는 내 제안에 멤버들은 흔쾌히 동의했습니다. 더운 여름날 조를 짜서 각자 서촌을 돌아다니며 쓸 만한 공간을 알아보았습니다. 그리고 터를 잡은 곳은 청운초등학교 수영장 뒤의 한적한 주택가의 지하 공간이었습니다. 그 지역은 조선 중기의 문신인 김상용의 후손들이 터를 잡고 살던 청풍계 지역이었는데, 안동 김씨들의 흔적들과 겸재 정선의 흔적이 많이 남아 있는 곳이었습니다. 김상용은 영화 『남한산성』에서 청나라와 싸우자고 주장한 김윤석 배우가 연기한 청음 김상

헌*의 형으로, 병자호란 때 강화도에서 화약에 불을 질러 순절한 후 문총공이라는 시호를 받은 인물입니다. 감상용, 김상헌의 후손들은 우리나라 역사책에 큰 비중으로 등장하는데, 바로 세도정치의 주력 안동 김씨가 바로 이들입니다. 조선 역사 80년을 장악하고 나라를 비탄에 빠지게 해서 결국 19세기에 등장한 열강 앞에 나약한 조선을 만드는 데 일조한 가문입니다. 만약 현종 이후의 조선이 이 세도정치 시기만 잘 보냈다면, 그러니까 당쟁에 치중하지 않고 실사구시의 실용적인 사회로 변모했다면 우리는 열강의 탐욕 앞에 허무하게 굴하지 않았을지도 모릅니다. 아니, 당해도 그렇게 처절하게 당하지는 않았을지도 모릅니다.

안동김씨들이 모여 살던 청풍계 지역은 세월이 흘러 한적한 주택가가 되어 있었습니다. 번잡한 서울에서 인왕산과 자하문 터널이 이어지는 산줄기 아래 조용한 동네는 우리에게 선물이었습니다. 희한했습니다. 도로에서 몇십 미터 안으로 들어가기만 해도 차 소리도, 사람 소리도 들리지 않았

으니까요. 우리가 자리 잡은 공간은 어느 빌라의 지하실이었는데, 어떤 교수가 작업실로 사용하다 창고로 쓰던 곳이라고 했습니다. 거기서 멤버가 10명까지 늘었습니다. 이후 여러 사람이 들고 나고 했지만 초기 멤버들은 이탈하지 않은 채 책상에 앉아 있었습니다. 이들이 쓰려는 글도 다양했습니다. 에세이, 소설, 등산과 산악문학, 시나리오, 드라마, 주말 낮에 서너 명이라도 모이면 괜스레 기분이 좋았고, 작업실로 들어왔을 때 풍기던 물감 냄새도 좋았습니다(이전 공간 사용자였던 교수의 물감 냄새입니다). 저에게는 이들이 모르는 하나의 즐거움이 있었는데요, 바로 오후 나절 동네를 산책하는 것이었습니다. 그때 베토벤의 교향곡을 참 많이 들었습니다. 7번을 자주 들었던 것 같습니다. 4시쯤 작업실 문을 잠그고 또는 멤버들 몰래 밖으로 나와 청운동 산자락을 걸으면 베토벤이 된 것만 같았습니다. 교향곡 7번을 들으면서 비밀의 전원을 걷는 재미가 쏠쏠했다면 과장하는 것일까요. 하나, 그만했습니다. 베토벤이 걷던 오스트리아의 하일리겐슈타트 숲길이, 개울이, 포도밭은 없었지만 그만큼의 고요와 나무 냄새와 바람은 있었습니다. 서울 한복판에서 돌아다니는 너구리를 본 사람이 과연 얼마나 있을까요. 그곳에서 3년을 보냈습니다.

함께 작업실을 공유하던 사람들은 그사이 각자의 삶을 살러 떠났습니다. 3년쯤 지나니 글을 쓰는 사람은 나와 산악 잡지를 운영하던 친구뿐이었습니다. 나는 이제 개인 작업실을 두겠다고 마음먹었습니다. 후배 한 명과 작업실을 찾아다녔습니다. 그리고 성균관대 앞의 근사한 느티나무가 있는 2층 건물의 한 공간을 계약했습니다. 유명 연극 기획자 소유의 그 건물은 지하에는 연극 소극장이 있을 정도로 규모가 컸습니다. 창경궁과 성균관의 고즈넉함이 공기를 타고 작업실까지 흘러들어오는 아름다운 곳이었지만 거기서 보낸 4년은 제 인생의 암흑기이기도 합니다. 노력했지만 글은 팔리지 않았고 힘든 시기를 보냈습니다. 실로 고난의 행군 시기였습니다. 작가로 살기 위해 수업료를 내는 시기가 분명했습니다. 둘째 아이가 태어난 것은 그나마 축복이었네요.

그래도 그곳의 봄, 여름, 가을, 겨울을 잊지 못합니다.

이 대학로 작업실은 나에게 '침잠해서 더 배우라!'는 교훈을 준 곳입니다. 아무도 알아주지 않던 버려진 기러기 같은 시절, 오직 실력만이 살아남는다는 진리를 분명하게 배웠습니다. 공모전에 수없이 떨어졌고 작업실에 혼자 남아 많이 울었습니다. '소설 실력을 갈고닦자.' '스토리텔링 공부를 확실하게 하자.' 그렇게 생각하고 지냈던 나날이었습니다. 『스토리 창작자를 위한 빌런 작법서』도 이즈음 만들어진 원고입니다. 창비 장편소설상 최종심에서 아쉽게 탈락한 원고가 계약된 것도 이즈음이었습니다.

　　이 시기는 괴로움과 각고함의 연속이어서 떠오르는 음악도 그러합니다. 말러 5번입니다. 집중하지 않으면 듣기 힘든 말러를 악착같이 들어보겠다고 결심했습니다. 사실 말러를 그리 좋아하지 않았습니다. 복잡하고 소란스러웠습니다. 차라리 풍만하고 구조적인 부르크너가 더 좋았습니다. 말러를 좋아하는 사람들을 '말러리안'이라고 부른다고 하는데, 그런 단어도 별로였습니다. 내 인생이 복잡하고 힘들어서일까요? 그러나 오기가 생겼습니다. 사람들이 말러를 왜 그렇게도 좋아하는지 알고 싶었습니다. 사이먼 래틀과 베를린 필이 2002년 라이브로 녹음한 말러 5번은 그때 죽도록 들었던 음반입니다. 이해도 되지 않았고 즐거운 음악도 아니었는데 왜 그토록 들으려고 했을까요? 고통을 끝까지 몰아가고 싶어서일까요? 지금은 말러를 듣지 않습니다. 여전히 말러는 별로입니다. 하지만 또 모르지요. 언젠가는 말러에 빠져 말러리안이 될지도요.

대학로 작업실을 떠나 자리를 튼 곳은 성북동의 작은 오르막에 있는 4층짜리 건물이었습니다. 적당히 소란스럽고 적당히 한적하고 사람들이 적당히 지나가는 동네였습니다. 건물 주인과는 좋은 인상을 주고받지 못했습니다. 월세 외 부가세를 거두는 방식이 몹시 불합리했거든요. 성북동 작업실 시절은 서서히 빛이 들어오는 시기였던 것 같습니다. 네 번째 장편이 세상에 조금 알려지게 되었으니까요. 그곳에서 『인 더 백』을 썼습니다.

그 시절 밥벌이를 위해 갖은 일을 했습니다. 그림 그리는 일, 어린이 동화 쓰는 일, 삽화 그리는 일, 애니메이션 시나리오를 쓰는 일, 영화 평론을 쓰는 일, 국회의원 자서전을 쓰는 일, 대학교 학과와 졸업생들을 소개하는 바이오그래피 작업 등. 고된 노동으로 가득한 시간이었습니다. 보따리장수처럼 이리저리 불려 가서 일하고 짬짬이 시간을 내서 소설을 썼습니다. 한 달 중 오롯이 내 작품을 위해 사용할 시간은 고작 6일 정도였습니다. 열심히 일했고 그래서 행복했습니다.

그때 재미있는 현상을 하나 알게 되었는데요, 바로 시절인연입니다. 사회에서 만나 교류하고 관계하던 사람들이 인생의 어느 시점에서 물갈이되는 것을 경험했습니다. 사람과 사람 사이의 관계를 물갈이라고 표현하는 것이 좀 거친가요? 그래도 그런 느낌이 든 건 사실이었습니다. 이 시절, 나는 10년 동안 알던 사람들과 연이 야멸차게 혹은 자연스레 끊었고 새로운 사람들과 만나고 교류하게 되었습니다. 시절인연이 사라지자 새 시절인연이 나타나는 거지요. 사주 같은 건 **잘** 모르지만 아마도 그건 새 국면을 맞이하라는 전환일지도 모릅니다.

지나온 날, 다양한 공간에서 함께 작업실을 공유했던 사람들을 생각해 봅니다. 그들은 지금 뭘 하고 있을까요? 글 쓰는 일과는 전혀 다른 일을 하는 사람도 있습니다. 또 여전히 글을 쓰는 분도 있습니다. 나는 지금도 글을 쓰고 있습니다. 그들과 만나서 우리들의 글쓰기에 관해 이야기해 보고 싶습니다. 아직도 그때처럼 글쓰기에 매력을 느끼고 있는지를.

영화 『마지막 사중주 A Late Quartet, 2012』의 멤버이자 정신적 지주인 피터(크리스토퍼 월킨)은 파킨슨병을 진단받습니다. 그는 더는 팀에 남아있을 수 없었습니다. 로버트, 줄리엣. 다니엘과 푸가 사중주단을 결성해서 함께 연주한 지도 수십 년이 흘렀습니다. 피터는 마지막 공연을 준비합니다. 동료들은 피터가 더는 첼로를 연주할 수 없다는 것을 알지 못합니다.

연주회 날, 푸가 사중주단은 각자의 눈으로 호흡을 맞추고 연주를 시작합니다. 피터는 세 사람과 함께 베토벤의 현악 사중주 14번을 연주하던 중 갑자기 연주를 멈추고 자리에서 일어납니다. 관객들뿐 아니라 동료들도 놀라서 그를 쳐다보지요. 그는 말합니다.

"베토벤 현악 사중주 14번은 7악장으로 된 대작인데 베토벤은 처음부터 끝까지 쉬지 않고 연주하라고 적어 놓았습니다."

그는 선언합니다. 자신은 더는 동료들의 연주 속도를 맞출 수 없다고, 더는 베토벤의 현악 사중주를 연주할 수 없다고 고백합니다. 관객들은 웅성거리지는 않습니다. 푸가 사중주단을 이끌었던 리더가 공연 중 갑자기 은퇴를 선언한 것도 그렇거니와 그가 파킨슨병을 앓고 있다는 것은 충격일 수밖에 없지만 진정한 팬이기에 소란을 떨지 않습니다. 관객들은 기립하여 박수쳐줍니다. 오히려 놀라고 당황한 것은 동료들입니다. 피터가 마련한 새 첼리스트가 걸어오더니 자리에 앉습니다. 그녀는 피터 대신 역할을 맡을 겁니다. 피터는 새 첼리스트가 잘해주기를 바라며 자리를 뜹니다. 연주는 계속되어야 합니다. 남은 멤버들은 서로의 눈을 바라봅니다.

"네 마디 앞에서부터?"

"그래, 네 마디 앞에서부터."

베토벤의 현악 사중주 14번 2악장부터 다시 시작됩니다. 음악가로서 삶이 막 끝난 피터는 이제 새로운 삶을 기대하며 객석에 앉아 동료들의 연주를 듣습니다.

베토벤의 마지막 작품인 현악 사중주는 전기, 중기, 후기로 나누어 구분됩니다. 그중 후기 현악 사중주는 클래식 음악계에는 신성神聖의 음악으로 남아 있습니다. 총 다섯 개의 곡으로 12번(Op 127), 13번(Op 130), 14번(Op 131), 대푸가(Op 133), 15번(Op 132), 16번(Op 135)입니다. 특히 가장 마지막에 작곡된 곡이며 하나의 주제와 여섯 개의 변주로 이루어진 14번은 베토벤 의식의 흐름이 심오하게 녹아있습니다.

베토벤은 이 14번을 '쉬지 않고 계속 연주하라'고 주문했습니다. 이 14번을 연주하는 사중주단은 이 급격하게 변하는 악장들을 소화하기 위해 심하게 집중해야 합니다. 그러다 보면 바이올린 줄이 끊기고 첼로의 현이 상하기도 합니다. 그렇더라도(불협화음이 생기더라도) 베토벤의 주문을 잊지 않고 끝까지 연주해야 합니다. 14번은 순환적이라고 합니다. 1악장과 7악장의 조가 같기 때문입니다(C단조). 중간의 각 장은 자유롭고 제멋대로의 역동성을 갖습니다. 애통하다가 빠르고 우아하다가 다시 격정적입니다. 이런 선율이 한 인간의 삶을 보는 것 같습니다. 말년의 베토벤은 시간의 영속성에 관해 생각이 많았던 모양입니다.

TS 엘리엇이 베토벤의 현악 사중주를 듣고 감흥을 받아 1944년에 쓴 시 「4개의 사중주(Four Quartets)」에는 이런 글이 있습니다.

"현재와 과거의 시간은 미래의 시간 속에 존재하고 미래의 시간은 과거의 시간과 연결되어 있다."

그렇습니다. 베토벤 현악 사중주 전 16곡은 성북동 작업실에서 많이 들었습니다. 진공관 스피커를 하나 장만했을 때입니다. 이런저런 음반을 걸어보았지만 역시 진공관 선율에 가장 잘 어울리는 것은 베토벤 현악 사중주 작품들이었습니다. 바릴리 콰르텟**의 CD를 넣고 베토벤이 쉬지 않고 연주하라고 주문한 14번의 긴 악장을 들으며 나도 쉬지 않겠다고 다짐했던 일들이 떠오릅니다. 그렇게 성북동에서 5년을 보내고 2020년 서촌 백송터 아래로 작업실을 옮겼습니다. 소설가 노희준 님과 공간을 함께 사용하고 있지요. 이 글을 쓰고 있는 지금, 나는 서촌 작업실에서 베토벤의 14번을 듣고 있습니다.

"쉬지 않고 연주하라."

이 말이 베토벤이 한 말 중 가장 멋진 말이라고 생각합니다.

** 바릴리 콰르텟 · Barylli Guartat 1945년부터 1959년까지 활동한 사중주단. 리더인 발터 바릴리의 손목 마비 증상으로 해체했다.

쉬지 않고 연주하라.

참고 영화 목록

『아웃 오브 아프리카』 Out of Africa · 1985
시드니 폴락 감독 · 메릴 스트립, 로버트 레드포드 주연
카렌 블릭센 자전적 소설 『아웃 오브 아프리카』 원작

『이수』 Goodbye Again · 1961
아나톨 리트박 감독
잉그리드 버그만, 이브 몽땅, 안소니 퍼킨스 주연
프랑수와즈 사강 『브람스를 좋아하세요…』 원작

『디어 헌터』 The Deer Hunter · 1979
마이클 치미노 감독
로버트 드 니로 주연

『피아니스트』 The Pianist · 2002
로만 폴란스키 감독
애드리언 브로디, 토마스 크레취만 주연

『대부 3』 The Godfather part 3 · 1990
프랜시스 포드 코폴라 감독
알 파치노, 다이안 키튼, 탈리아 샤이어, 앤디 가르시아 주연

『마지막 사중주』 A Late Quartet · 2012
야론 질버맨 감독
필립 세이모어 호프만, 크리스토퍼 월켄, 캐서린 키너,
마크 이바니어 주연

어떤, 클래식

초판 1쇄 발행 2024년 3월 28일

지은이   차무진

펴낸곳 공출판사 ㅣ 편집 공가희
출판등록 2018년 8월 31일(제2018-000019호) ㅣ 주소 충남 당진시 면천면 동문1길 8-1
전화 070-8064-0689 ㅣ 팩스 0303-3444-7008 ㅣ 전자우편 thekongs@naver.com
홈페이지 kongbooks.com ㅣ 인스타그램 @kong_books

ISBN 979-11-91169-16-4